La cabeza de mi padre

Alma Delia Murillo

La cabeza de mi padre

ALFAGUARA

La cabeza de mi padre

Primera edición: mayo, 2022
Primera reimpresión: junio, 2022
Segunda reimpresión: julio, 2022
Tercera reimpresión: agosto, 2022
Cuarta reimpresión: octubre, 2022
Quinta reimpresión: enero, 2023
Sexta reimpresión: marzo, 2023
Séptima reimpresión: mayo, 2023
Octava reimpresión: agosto, 2023
Novena reimpresión: septiembre, 2023
Décima reimpresión: enero, 2024

D. R. © 2022, Alma Delia Murillo

D. R. © 2024, derechos de edición mundiales en lengua castellana:
Penguin Random House Grupo Editorial, S. A. de C. V.
Blvd. Miguel de Cervantes Saavedra núm. 301, 1er piso,
colonia Granada, alcaldía Miguel Hidalgo, C. P. 11520,
Ciudad de México

penguinlibros.com

ISBN: 978-607-381-488-1

Impreso en México – *Printed in Mexico*

*Para mis hermanas y hermanos, por tanto amor
y alegría compartidos.*

Y para quienes, como yo, buscan a su padre.

Tu franqueza sea, entonces, tu dote; pues por el sagrado resplandor del sol, por los misterios de Hécate y la noche, por todos los influjos de los astros conforme a los cuales somos y dejamos de existir, abdico de todo cuidado paternal.

—William Shakespeare, *El rey Lear*

I. Sin mapa

Esta vez tengo más miedo que otras. No será la primera que me enfrente a la página en blanco y sus abismos, sus atentados contra la autoestima, su ridícula neurosis y sus pozos de sequía. Pero tengo que empezar admitiendo que estoy aterrada.

Tengo miedo porque no llevo mapa, ni guía, ni estrategia narrativa. Me subo a esta historia como aquella mañana de diciembre de 2016 me subí a una camioneta roja para buscar a mi padre sin otra cosa que una foto vieja de su hermano.

Disculpe, ¿ha visto usted a este hombre?

Escribo para contar una historia, para contar el relato de la historia. O eso me digo.

Pero también es verdad —una verdad más profunda—, que escribo para soltar el peso de cuarenta años rumiando el mito de mi padre, las infinitas versiones de mi padre, su ausencia, su presencia, su nombre, su abandono, su pañuelo rojo como la camioneta aquella con la que atravesamos las carreteras de Michoacán buscándolo después de treinta años de no verlo.

Escribo para soltar el dolor del pasado y la angustia del futuro. Escribo para encontrar a mi padre.

Perdone, ¿reconoce usted a este hombre?

Así que vine a La Mira porque me dijeron que acá vivía mi padre, un tal Porfirio Murillo.

Quería evitar el referente pero no tiene caso, me atrevo a decir que en este país todos somos hijos de Pedro Páramo.

Fue también mi madre, como la de Juan Preciado, quien me dijo que mi padre vivía en La Mira, un pueblo en el municipio de Lázaro Cárdenas, Michoacán.

Lázaro Cárdenas es zona portuaria, zona de carga y descarga, legal o ilegal.

Visit Mexico. Cómo no.

Sonrío cuando leo "Siete cosas que hacer en Lázaro Cárdenas, Michocán" en las páginas web de turismo mexicano.

Puedo listar perfectamente las siete cosas que hacer en esa zona que además es frontera con Guerrero. Aquí van: la primera es sobrevivir a la pobreza, la segunda es sobrevivir al hambre, la tercera es sobrevivir a la falta de servicios de salud, la cuarta es sobrevivir a la falta de oportunidades, la quinta es sobrevivir a la guerra criminal por el control del aguacate, la sexta es sobrevivir a la falta de educación, la séptima es sobrevivir al narco. Ahí tienen, los siete caballos del apocalipsis de los que tanto hablaba mi abuela —también michoacana.

Ay. Dije narco, y yo que no quería. Y la industria editorial que no quiere. Y la industria del entretenimiento que no quiere. Y la corrección política que tampoco. Que ya nadie quiere hablar del narco, que eso era antes.

Pero esta no es una novela sobre el narco, no. Sé que no es así por más bromas bélicas *on the road* que me fui contando mientras recorríamos los caminos a veces verdes y otras polvosos, al reparar en la impronunciable lista de los nombres de los pueblos michoacanos: *Visit Mexico,* en Angamacutiro te pueden secuestrar, en Angangueo te pueden asaltar, en Carácuaro pueden confiscar tus bienes, en Copándaro pueden incendiar tu casa, en Chucándiro te pueden violar, en Churintzio te pueden matar, en Churumuco te pueden desaparecer... pero yo te traigo en La Mira, papá.

Porfirio Murillo Carrillo. Ése es su nombre completo. Era. Es. Es en tiempo presente, más presente que nunca.

Porfirio viene de purpúreo, es romano, quienes llevaban la túnica de ese color eran poderosos y adinerados pues el pigmento venía de un molusco, la producción era escasa y cara. Púrpura y oro se convirtieron en los colores para detentar el poder en Roma, incluso fueron los colores del emperador.

Me detengo. Dudo si seré capaz de escribir esta historia a la altura y en las profundidades que merece. Estoy nerviosa. Muero de miedo, muero de amor. Me digo que tengo que regresar a contar cómo empezó todo. Cuenta cómo empezó todo, mujer, que no el principio; el principio no puedes escribirlo. Quién sabe si alguien pueda escribir el principio de alguna cosa.

Vamos a ver si puedo contar esta historia.

Era noviembre, unos cuarenta días antes de subir a la camioneta para emprender ese viaje. Desperté temprano y con la imagen de un búho que había visto durante el sueño.

Una de esas mañanas en que te levantas con ácido en el pecho, una legión de insectos que llevan ansiedad pegajosa entre las patas y que marchan al interior de tus arterias.

Como si sobre mi cabeza se hubiera posado no una nube gris, sino una hiriente de tan luminosa y blanca mandando un mensaje que no podía dejar de repetirme: mi padre va a morir.

Le queda poco tiempo.

Va a morir y no lo conozco, lo he visto una vez en mi vida, podría toparme con él ahora mismo en la calle y no saber quién es.

Había vivido sorteando el tema, negándolo, inventándolo o asesinándolo a mi antojo y así había llegado a la cima de mis treinta. La psique había encontrado modos para darle la vuelta aun en el consultorio de mi analista. Desde muy pequeña había aprendido a imitar a mis hermanos que ponían "Finado" en cada formulario escolar que pedía el nombre del padre; como yo no entendía pero intuía que debía sumarme al mito familiar, escribía "Refinado" en esos mismos formularios hasta que una de mis hermanas me corrigió el prefijo y me dijo que finado quiere decir muerto. Ah. Y yo que creía que tenía un padre muy elegante.

Elegante y refinado, purpúreo.

Finado. Finito. Terminado.

Pero aquello era una mentira familiar que mis hermanos y yo nos contábamos porque es más digno tener un padre muerto que un padre que no te quiere, y duele menos.

Era más fácil asumir que el destino había sido maldito dejándonos sin padre a revelar que el maldito era mi padre que nos abandonaba. Calma. Que no es así, no tan simple. Pero cómo negar que en este país, casi la mitad de los hogares viven sin el papá que un día fue por cigarros y no volvió. Millones de mexicanos y de mexicanas crecimos así. ¿Cuántos serán como yo hijos de aquel padre "refinado"?

Mi casa tenía algo de Comala porque, aunque la narración oficial daba por muerto a mi padre, de vez en cuando recibíamos noticias de él, de vez en cuando mi madre contaba que la había buscado, alguna vez ella misma fue a verlo. O sea que estaba muerto pero hablaba y todo. Y bebía, mucho. He ahí el quid de la cuestión: un padre alcohólico.

Un padre hinchado de aguardiente.

El hecho es que aquel noviembre de 2016 yo estaba intentando un proceso de adopción como madre soltera. Sí, mi hogar sería parte de la estadística de mexicanos sin padre.

Quería un hijo y no tenía pareja y mi edad reproductiva ya no era la mejor para buscar y esperar un hijo biológico. Pero el deseo era grande, poderoso. Así que me puse a intentar el camino de la adopción.

Y como las dos puntas de la madeja siempre tienden a tocarse porque son un mismo hilo por más que tratemos de cortarlo, aquello del hijo me llevó inexorablemente al padre.

¿Cómo voy a tener una hija o un hijo sin poderle contar siquiera quién es su abuelo?, ¿qué relato familiar voy a hacerle a esa cría?

Todos escribimos la novela de nosotros mismos. Y yo quería que mi novela tuviera un padre y que ese hijo deseado tuviera un abuelo. Sí, señor.

Todos escribimos la novela para terminar el relato que nos contaron a medias los que nos dieron origen, o al menos lo intentamos.

¿Pero por qué somos tantos los mexicanos buscando al padre?

Más allá de la estadística yo puedo repasar en un pestañeo la historia de mis amigos Juan Preciado y mis amigas Juana Preciado. Son muchos.

Mi amiga R tiene treinta y dos años y no ha visto a su padre una sola vez en su vida, aunque sabe quién es, cómo se apellida —tiene un apellido importante en la política mexicana—, ha husmeado en su página de Facebook, incluso se atrevió a buscarlo. Recibió silencio a cambio.

C sigue sin saber quién es su padre a pesar de que ha intentado conectar con él desde hace una década. Ha interrogado a tías y tíos para que le den pistas, datos, algo.

Mi sobrina sabe quién es su padre y tuvo contacto con él pero se cansó de sus promesas, de esperarlo, de que le dijera que estaría por ella tal día en tal evento y eso nunca sucediera.

F consiguió el contacto de WhatsApp de su papá y no se ha atrevido a escribirle pero recurrentemente mira su perfil para ver si está conectado o ha cambiado la foto que ella le roba para así tener algo parecido a un álbum familiar donde aparezca su papá, un álbum familiar que va conformando siendo stalker de su propio padre que no quiere saber nada de ella.

Mi amigo A dejó de ver a su padre más de una década y volvió a encontrarlo cuando le avisaron que había muerto de una congestión alcohólica.

15

Apostaría con el Diablo que muchos de quienes me leen ahora mismo están haciendo su propio relato, el del padre ausente, desconocido, mitificado.

Lo digo porque la ausencia también tiene datos.

Según el relato de los números oficiales, en México hay doce millones de hogares sin padre.

Unos veintiséis millones de hijos sin padre.

Un ejército de Juanes y Juanas Preciado. Algunos lo estarán buscando, otros no. Puedo entender bien la elección del carpetazo: abandonar también a quien abandonó primero, si tú no me quieres pues yo a ti tampoco.

Pero yo busco, yo soy de las que buscan. Tengo la maldición, qué le voy a hacer.

II. Anticipar la muerte

Mi padre va a morir. Empecé a ver el presagio por todos lados, a convencerme de que tenía que hacer algo.

Vayan ustedes a saber por qué, pero a menudo anticipo la muerte. Cuando mi abuela iba a morir, la soñé, venía a mí con dos monedas de plata sobre los ojos, yo sabía que estaba haciendo el viaje al otro mundo. Murió a la mañana siguiente.

Una noche antes de que mi amigo Ramón muriera, soñé que se había casado con mi madre. Desperté en la madrugada y pensé que ese rito no era nupcial sino mortuorio, eran las ocho de la mañana cuando recibí la llamada que confirmó su muerte. Y así tantas veces. Me asusta. No les cuento a mis amigos cuando sueño lo que sueño porque cuatro veces he anticipado la muerte de sus padres y abuelos. Es jodido pero es así. No miento. No sé quién podría mentir con esto.

Si la vida es sueño, la muerte también. Por qué habría de ser diferente.

Así que el sueño de mi padre me inquietó en lo más hondo.

Entonces hice lo que suelo hacer para controlar el pánico: me senté a escribir.

Faltaban muchos días antes de ver a mi terapeuta y vivía sola, no tenía con quién desahogar la necesidad de hablarlo, a quién hacer ese relato matutino del sueño cuando todavía está reverberando en la consciencia. Mis interlocutores naturales habrían sido mis hermanos pero no estaba lista para contarles mi disparate: hola, fíjate que amanecí con la certeza de que va a morir nuestro padre, vamos a buscarlo a la punta del carajo en Michoacán a ver si damos con él, sólo porque yo no soporto la idea de tener un hijo sin abuelo o de que Porfirio se muera sin antes ir a buscarlo.

No.

Escribe, dice la voz del inquilino que me habita y que me regala distancia para mirar a través de ella.

Y escribí una carta:

Papá, ¿te digo papá o te digo padre o te llamo por tu nombre?

Ni siquiera sé cómo comenzar. Voy a cumplir cuarenta años, y es la primera vez que escribo este vocativo.

No te conozco, no sé el color de tu piel, la forma de tu mirada, tu estatura, tu peso, tus manos, tu voz. No sé nada de ti. Y sin embargo soy tú.

Intento recordar algo pero esa pequeña de siete años que te vio alguna vez no me devuelve nada. La memoria está vacía. No hay datos. O no los suficientes.

No te conozco y he pasado por tanto contigo. Quizá la vergüenza fue lo primero, esa sentencia que el mundo intenta normalizar pero que sabe a vinagre en el paladar de una niña: no tengo papá.

He pensado muchas veces que soy hija de mi padre. Lo he pensado en secreto, sé que algo en mi personalidad responde a la demanda imaginaria de un padre que espera mucho de mí: que sea trabajadora, fuerte, atlética, valiente, resolutiva. Como si buscara tu mirada, tu aprobación, un diploma otorgado por ti que constatara que lo hice bien, que mi lado Padre está bien ejecutado.

¿Quién eres? ¿Cómo fue tu vida? ¿Cómo es ahora? ¿Qué te gusta comer? ¿Cantas? ¿Cuáles canciones? ¿Te gusta el café tan caliente como a mis hermanos y a mí? ¿Tomas la sopa hirviendo hasta quemarte la lengua? ¿Eres como nosotros?

Soy tu hija menor. Y escribo, o eso pretendo. Tal vez tu ausencia me dio la primera palabra de todas las historias que quiero contar.

Dicen que me parezco a tu madre. ¿Dirías lo mismo si me vieras? ¿Querrías decir algo?

Ahí estaba yo, componiendo el relato. Escribiendo la novela de mi padre. Bajando al Hades para convertir la ausencia de mi padre en una Perséfone rescatada que al menos la mitad del año convierte la tierra en primavera. Escribiendo para mutar su debilidad y su abandono en regalo. Para liberarme.

Bajar a las profundidades. Descender. Bucear en el inframundo de la psique. Me sorprendí cuando leí *La invención de la soledad* de Paul Auster —que busca a su padre— y me encontré con que él también reparó en la narración de Pinocho rescatando a su padre Gepetto del vientre de la ballena.

Recuerdo bien que, de pequeña, lo que más me impresionaba —o me arrebataba incluso en la historia de Pinocho— era la imagen del niño salvando al adulto, el hijo salvando al padre. También, como Paul Auster, asocié aquello con el relato bíblico de Jonás en el vientre de la ballena. Mi ballena eran treinta años de silencio, de mitos, de verdades a medias. Pero, sobre todo, treinta años de ausencia.

Mi monstruo marino, mi mar bravo y mi Hades estaban hechos de no saber, de no conocer, de no tener un padre de cuerpo presente.

Pobre de mí que no sé resignarme, nunca supe resignarme.

Yo peleo si hay que pelear, agarro el camino si me dicen que hay que caminarlo, salto la barda para rescatar el balón o bajo al agujero si cayó en lo profundo. Y bajaré al Hades cuantas veces haga falta para cruzar los límites, para componer el relato.

¿Por qué lo hago?

III. Las versiones y los mitos

Recuerdo el día en que mi infancia pasó de "mi papá se murió" a "mi papá nos abandonó". Mi madre entró a una oficina de Trabajo Social donde una señora malencarada le hizo una entrevista, no sé por qué, pero me dejaron entrar también a mí. Yo tendría unos diez años. Permanecí sentada y escuché la tormenta de cuestionamientos, cuando la mujer quiso saber dónde estaba el papá de las niñas, mi madre dijo que nos había abandonado. Vivía en Michoacán, era alcohólico. Por eso ella tuvo que criarnos sola.

Así que no había muerto, ésa fue la primera vez que escuché a mi madre decirlo con todas sus letras. Ya estaba, sí tenía papá.

Lo difícil era desentrañar qué de todo lo demás era mentira y recuperar las verdades. Separar el grano de la paja en la historia familiar. Ingenua de mí.

Buena suerte a quien decida entregarse a esta oscura faena: la familia es la mentira mejor contada, la más venerada, la que más amamos, el punto ciego de sangre donde todos perdemos perspectiva.

Para empezar, mi abuela a la que tanto quise, decía que mi madre y mi padre sí habían tenido una historia de amor. Pero mi madre repetía "yo nunca quise irme con él". Luego mi abuela soltaba frases como "cuando tu papá se la tragó" para referirse a la relación que habían tenido mis padres. Por fin, ¿se la tragó o ella quiso irse con él?

El ogro que se tragó a la princesa. Mi madre en el vientre de la ballena dentro del vientre de la otra ballena. Alguna vez escuché en una extraña sobremesa que mi papá se había robado a mi mamá desde lo alto de un caballo al más puro estilo gitano. Ogro y centauro. Bella y bestia. Ballena y ballena. Bestia y bestia. Ballena y mar. Madre y padre. Ésa era la frase favorita de mi mamá: yo soy madre y padre a la vez, soy mapá.

Desde luego, cada vez que mi abuela atisbaba un rasgo, un gesto, un color de piel morena que no le gustara, sentenciaba "eso es del lado de tu papá". Para mi abuela lo mejor que teníamos venía de ella y de mi madre; lo peor de mi padre y su ascendencia. Viejita cabrona.

Conforme fui creciendo me fui enterando por versiones de la abuela y mis hermanos mayores de que mi papá vivía aislado, como una especie de loco del pueblo, que sólo trabajaba para pagar el alcohol que consumía. Ésa parecía ser la versión más consistente de todas.

La imagen de mi padre como el loco de la aldea me descolocaba. En mis fantasías de niña lo asociaba con ese inenarrable personaje del Chavo del Ocho, nunca me gustó ver esa serie, culmen del patetismo en pantalla que romantizaba la pobreza. ¿Por qué ese muchacho tenía que vivir en un barril de cerveza o de basura o una barrica de añejamiento de vino o lo que sea que fuera el contenedor donde vivía? Nunca pude ver los episodios sin sentir una inquietud que me descolocaba. ¿Eso era normal?, ¿eso estaba bien?, ¿por qué nadie le ayudaba y lo dejaba vivir en una casa?

¿Así viviría mi padre?

También supe, de oídas, que mi padre hacía mezcal para venderlo y, claro, para bebérselo. Que cuidaba un plantío de marihuana en la montaña de Michoacán. Que no, que el plantío era de amapola, precursora del opio. Que sabía bailar son y zapatear como el que más. Que tenía cara de maldito. Que era guapo. Que era muy listo. Que era un pendejo. Que no nos quería. Que sí nos quería. Que bebía tanto que ya no sabía ni cómo se llamaba. Que podía ser que ya viviera en la calle, pidiendo dinero para comprar aguardiente, que podría parecerse a los teporochitos que beben afuera de las pulquerías y viven de la caridad que buenamente quieran hacerles otros beodos menos destartalados. El Chavo del Ocho pero teporocho, el borracho cínico, un Diógenes de Sinope sin otra filosofía que el pulque, el aguardiante y el mezcal.

Que qué pocos huevos porque no pudo quedarse. Que no nos abandonó, que mi mamá lo corrió una noche atávica en la que regresó más ebrio que nunca y ella le impidió entrar, que él amenazó con llevarse a sus hijos, que mi madre nos alineó a los ocho críos en la entrada de la puerta y le dijo "ahí están, llévatelos"; que entonces él se echó dos pasos para atrás, luego tres, luego treinta años.

Que los ocho críos nos quedamos formados en la puerta, con el suéter puesto.

Lo que sí es verdad es que mi padre nació un 29 de diciembre de 1944, en Michoacán. Y mi madre nació un 27 de mayo de 1947 también en Michoacán.

Lo que sí es verdad es que mis padres se casaron siendo unos niños. Mi mamá tenía diecisiete años y mi padre diecinueve. Una generación después me resulta increíble que dos personas de esas edades hubieran estado ya obligadas a formar una familia y sobrellevar la paliza que es la vida como responsables de un clan. Y les iba a tocar un camino difícil, doloroso, lleno de muertes y tragedias. Esa muchacha de diecisiete y ese joven imberbe de diecinueve iban a criar nueve hijos. El primero de esos hijos moriría siendo un bebé de dos años, y yo sería la última.

Pero el evento medular, el hito en el camino, la combustión de esa pareja y su familia, sería el accidente doméstico que provocó las quemaduras de mi hermana mayor; atravesar esas llamas habría de transformarlo todo para todos y, ahora lo sé, especialmente para Porfirio.

Así que mi padre era una criatura hecha de retazos a la que yo buscaba. A la inversa del Doctor Víctor Frankenstein y su obra, aquí el creador era un ser mitad monstruo y mitad humano que había abandonado a una hija aparentemente normal. Pero yo lo buscaba y él a mí no. O eso creí.

Lo cierto es que mi necesidad de recrear el relato tenía un componente infantil, quizá narcisista, algo que en palabras de la criatura de Mary Shelley se vuelve un reclamo del hijo a su padre: Tú eres mi creador, pero yo soy tu dueño.

Una tozuda no resignación, un empeño individual (¿o individualista?) de reconstruir la historia para sentirme mejor.

Pero también estaba la necesidad legítima de mirar de frente al monstruo; necesitaba, por una vez en mi vida adulta, encarar a ese padre del que conocía infinitas versiones y saber quién y cómo era, apersonarme, apersonarlo, conocer su presencia y consistencia física en el mundo.

Aquel noviembre de 2016 recién había leído *La distancia que nos separa* de Renato Cisneros. Un hijo buscando a su padre después de muerto, reencontrándose con él, conociendo más y mejor su origen. Meses antes había leído *La muerte del padre* del noruego Karl Ove Knausgard y había llorado hasta la deshidratación con cada pasaje en que Knausgard describe el sufrimiento de su padre alcohólico; no podía dejar de imaginar al mío viviendo esos trances en solitario. El vómito, la temblorina, estar tirado en el piso con los pantalones mojados, echado sobre su propia mierda, despojado de toda dignidad.

Pero leyendo a Knausgard lo que más me dolía era que él pudiera describir palmo a palmo a su padre: su cuerpo, sus dimensiones, cada gesto, cada intención en su voz… y que yo tuviera que imaginarlo todo. La cara de mi padre es una cara que no me es familiar, cierro los ojos y no aparece ante mí como sí aparece la de mi madre.

Knausgard buscando a su padre, Cisneros buscando al suyo. Y Paul Auster que declara que el primer recuerdo que tiene de su padre es la ausencia. Y yo tratando de reconstruir al mío, intentando que, si no había padre, al menos hubiera símbolo del padre para completarme. Pienso en las hijas de José José repartiendo las cenizas del suyo y en la Cordelia de Shakespeare dando la vida por el rey Lear.

Hijos que buscan a sus padres.

Hijas que reconstruyen la muerte por ellos.

A propósito de Cordelia, yo también empecé a obsesionarme con los homeless que encontraba en la calle. Como ella, temía que cada loco viviendo a la intemperie fuera mi padre. En cuestión de segundos imaginaba historias que terminaban con él pepenando entre la basura de la Ciudad de México, con los vagabundos del Centro Histórico, echado sobre cartones mugrientos en el camellón de alguna calle arbolada.

Siempre tuve una fascinación malsana con los indigentes, no puedo evitar gravitar hacia ellos cuando los encuentro en mi camino, tratar de escucharlos, de adivinar sus historias por si ahí está mi rey y mendigo, por si puedo reconocer a mi pobre rey Lear entre los desamparados de las calles como Cordelia.

Sí. Es él. Acaban de verlo
tan agitado como un mar furioso
coronado de fétida cicuta
de cizaña de ortigas y cardos
todas las malezas imaginables
que crecen en el trigo nutricio
manzanilla ballico topa-topa
cantando a gritos.
Manden un escuadrón de cien hombres
a revisar acre por acre
hasta que lo encuentren
y que lo traigan donde mis ojos lo vean.
¿Qué puede hacer la ciencia del hombre
para restituirle la razón?
El que pueda curarlo
que disponga de todos mis bienes.

Un pobre viejo siempre es un rey Lear, dice Goethe en uno de sus poemas mansos. ¿Terminarán todos los padres abandonados por sus hijos cuando la vejez se vuelve un estorbo, un cúmulo de resentimientos y arrepentimientos? ¿O el abandono es destino de quien abandonó primero?

No voy a alardear de conciencia social.

Mi atracción hacia los mendigos siempre ha estado motivada por el temor a que mi padre fuera uno de esos apátridas que hurgaban entre los desechos o que recitaban el caos de su alma haciendo eses al caminar. Buscándolo a él fue que aprendí a reconocer a varios personajes en diferentes zonas de la ciudad. En Polanco observé durante años a un hombre que bauticé como el Emperador Irresistible, y realmente lo era: se envolvía en una sábana a modo de túnica romana y se coronaba la cabeza con ramas y hojas secas, enrollaba un periódico que luego blandía contra los automovilistas como un poderoso cetro.

En el camellón de Durango espié durante un par de años a una pareja de vagabundos que hacían gala de un amor dramático y peleaban como si representaran la espiral maldita de las discusiones de pareja en un montaje de teatro del absurdo.

Otra época me obsesioné con vigilar y proteger a un señor que dormía en la Plaza de los Compositores en la colonia Condesa y que se pasaba horas frente al busto de Consuelo Velázquez cantando bésame, bésame mucho.

Al principio intentaba hablar con ellos, interactuar, pronto aprendí que mi curiosidad clasemediera era irrespetuosa, indigna. Y también que pueden ser muy agresivos si no les agradas. La calle no hace gente blanda.

Me limité a mirarlos de lejos, llevarles comida y ropa de vez en cuando, y escribir sobre ellos.

Quizá mi padre fuera alguno de esos que bajo la suciedad de la piel centelleara los ojos negros y enfebrecidos que yo imaginaba. Siempre oí hablar de los ojos de mi padre.

Ojos impresionantes. Ojos más negros que la noche. Quién sabe.

Cómo iba a comprobarlo si toda mi vida vi sólo dos fotografías donde aparecen retazos de su cuerpo.

En una estoy yo con menos de un año sentada en el mostrador de una farmacia, atrás de mí asoma un brazo moreno, un color de piel como bronce, es el brazo de mi padre que se agachó para no salir en la foto mientras me sostenía para que mi madre pudiera tomarla.

La otra fotografía es una donde aparece mi madre cargando a su primer hijo, mi hermano Martín que, como ya dije antes, murió muy pequeño; en la foto están también mi bisabuela y la única hermana de mi madre. Junto a mi mamá está mi papá de pie y sin cabeza. Se la arrancó alguien.

No sé si fue mi madre o alguno de mis hermanos, pero ahí está mi padre sin cabeza. Decapitado.

Un padre degollado que a mí me hace pensar en El Colgado, ese arcano mayor del Tarot.

La víctima voluntaria. Sálvense ustedes, corran. Así empecé a pensar en mi padre. En las infinitas rutas de la reparación que la psique busca encontré un camino para contar la historia y darle un mejor final. Su ausencia ocultaba algo fundamental, no el abandono exactamente, otra cosa. Un secreto, un regalo, una dote.

A veces me doy pena, me sorprende mi propio deseo de hallar bondad en el mundo, mal activo para alguien que pretende ser escritora. La bondad no hace literatura interesante, se sabe.

Pero otras pienso en el superpoder de parirse a sí mismo.

Si todos pudiéramos volver a parirnos, rebautizarnos con una nueva historia, ¿de qué seríamos capaces?, ¿iríamos por el mundo menos mutilados?

Hablé insistentemente de eso con mi terapeuta, el renacimiento narrativo.

Una y otra vez intenté ponerle palabras a lo que me había ocurrido: mi historia era la misma, sí, era verdad que mi padre era ese hombre alcohólico que comparado con mi madre había sido débil e incapaz; también era real la caída que mató a mi hermano mayor con apenas dos años, como eran reales las quemaduras de mi hermana en aquel accidente, como la pobreza, las carencias... todo eso era verdad. La historia era la misma, pero yo había movido el lugar desde donde la veía.

El verdadero milagro es cambiar el punto de vista.

IV. Dios Padre

Primero pensé que nadie me acompañaría, que no me importaría atravesar sola las carreteras y los pueblos preguntando por el hermano de mi padre, mi tío el mariachi, para dar con él.

Pero invité a mis hermanos y algunos quisieron sumarse: de los ocho hijos fuimos cuatro. Tengo la firme decisión de no contar por ellos lo que ellos vivieron, así que, a riesgo de parecer unaególatra, evitaré hablar por mis hermanos porque cada experiencia es única y el tema es delicado. Nunca te metas con la familia de los otros aunque sea la misma que la tuya.

De modo que cuento de mi padre, pero no me meto con el suyo. Es verdad que estuvieron ahí y que hicieron ese viaje conmigo Noé, Otilio y Paz en la misma camioneta que yo. Pero cómo podría pretender que conozco su historia, su versión de los hechos, la narración de sus ballenas, sus ogros, sus Hades.

Dicho lo dicho, tengo que relatar que ocurrió algo inesperado: mi madre insistió en acompañarnos.

Ajá.

Que sólo ella sabría llegar, que nadie nos iba a decir dónde ni cómo. Que dar con Porfirio no era tan fácil. Que ella me entendía, que no podía negarme ese derecho. Que él era mi padre. Y de mi madre sí que voy a hablar porque para eso es mi madre y porque este ejercicio de reparación no tendría sentido si no hago el relato de la parte que ejecutó mi madre. Mi maravillosa madre.

Así que la jefa vendría con nosotros. Iríamos, había que emprender el viaje pronto. Qué miedo. Como no profeso religión alguna, fui corriendo con mi terapeuta a tratar de acomodar el espanto de la confirmación como harían otros con su confesor de confianza.

Hace años que voy a terapia, soy hija de la posmodernidad y además renegada del cristianismo. Los seres humanos somos, sobre todo, un misterio. Creo que el entendimiento humano no puede atisbar qué es exactamente eso que llamamos alma o espíritu. También debo reconocer que elegí no creer en Dios por puro descarte lógico pero, principalmente, porque el que se me impuso fue el horrible y autoritario Dios judeocristiano que conocí en los infinitos recorridos que tuvo mi madre en su necesidad de profesar una fe religiosa.

Una de las experiencias más impositivas de ser niña es que nadie te pregunta si a ti te parece bien que haya que rezar antes de tomar los alimentos o antes de dormir, darle gracias a un tal Dios —que nunca has visto— por lo bueno que tienes y que, a la vez, haya que vivir aterrada porque ese mismo Dios puede castigarte porque sabe todo de ti, incluso lo que no le cuentas a nadie y lo que haces cuando nadie te ve. Qué determinante es no tener privacidad mental cuando se está construyendo la psique, que los adultos te acribillen a preguntas sobre lo que estás haciendo a cada minuto pero que, además, te convenzan de que hay un Dios que te espía las veinticuatro horas del día y del que no puedes esconder ni tus deseos ni tus sueños porque Dios lo sabe todo. Qué forma tan violenta de erosionar el mundo interior.

Así que mientras no pude elegir, fui arrastrada a una búsqueda de Dios. No se me escapa la relación de los arquetipos, porque el padre por antonomasia es ese Dios Padre. Buscar a Dios es también una manera de buscar al progenitor. Recuerdo perfectamente que esas largas sesiones de culto religioso reunían sobre todo a quienes éramos hijos del abandono, de la pobreza, de la marginalidad. Huérfanos de padre. De Dios.

Los autoproclamados pastores o ministros de culto eran sádicos, autoritarios, abusivos, narcisos de manual, convencidos de su grandeza sin mayor razón que la fe en sí mismos antes que en el Dios que predicaban.

Acompañando a mi madre recorrimos varias congregaciones de testigos de Jehová, otras de mormones, unas más de adventistas, y, finalmente, dimos con los cristianos evangélicos donde había dos vertientes: los bautistas que mis hermanos y yo llamamos bautristes, porque era una tormenta de silencio y caras largas que parecía que estaba prohibido usar otra expresión en el rostro que no fuera la de a punto de echarse a llorar; la otra vertiente era la de los pentecostes-ses, que consistía en todo lo contrario: cantaban alabanzas a ritmo de cumbia acompañadas de percusiones, palmas y movimientos de cadera como cualquier fiesta tropical.

Nos quedamos con los tropicales, claro. Lo otro era demasiado para una madre con tantos niños que no nos aguantábamos las ganas de saltar en las bancas o reírnos en mitad de un servicio sólo para que esa insoportable pesadez se viera alterada.

Los cristianos tropicales tampoco tenían nada de buenos. Eran igual de manipuladores y usureros del dolor ajeno como los otros, pero ofrecían algarabía colectiva y una familia con el padre más chingón de todos: Dios.

En esa familia religiosa había que acomodarse según la edad y como yo llegué siendo una niña de diez años, me mandaron con el parvulario; mis hermanas que tenían catorce, diecisiete y diecinueve años estaban en el grupo de jóvenes. Manipulación emocional personalizada según el rango de edad. Excelente servicio.

A cada rebaño le correspondía un pastor que hacía y deshacía a su antojo. La interpretación de la Biblia lo regía todo. La edición Reina Valera, una versión que no tiene los libros "apócrifos" del catolicismo, era la que leíamos, estudiábamos, subrayábamos y sudábamos bajo el brazo domingo a domingo.

Y, curiosamente, el enemigo no era el Diablo, sino el mundo. Eso se nos repetía hasta el cansancio: "Buenos días, mundo, aquí vamos otra vez, alista bien tus armas que las mías son cristianas y no las podrás vencer".

Y en el inconmensurable enemigo llamado mundo habitaban el amor carnal, la diversión, la música popular, la televisión, las faldas cortas, los jeans ajustados, el escote, las ganas de leer cualquier otro texto que no fuera cristiano, la vanidad de pensamiento, la filosofía, buena parte de la ciencia, resumiendo: todo lo que te quitara el miedo. Porque el activo más valioso de ese culto religioso era el miedo.

¿De cuál dogma no lo es?

Por miedo aceptábamos, obedecíamos, pagábamos. Bueno, mi madre pagaba. Los adultos pagaban. Cada domingo había que dar el diezmo de lo ganado durante la semana, pasaban unos señores con cara de riñón, los ujieres, enfundados en trajes negros como alas de cuervos viejos a recoger los dineros. Mientras eso sucedía, desde el púlpito en llamas, el pastor tiraba un mensaje tan amenazador como victorioso que habría hecho pagar impuestos al mismísimo Ricardo Salinas Pliego y a todos los empresarios evasores de talla internacional.

Pero el perfil de quienes asistíamos al culto distaba mucho del Midas azteca y su imperio corporativo. Era un abuso exigirles a personas que invertían cuatro horas del día en viajar desde sus respectivos pueblos o que vivían del subempleo o limpiando casas, que además pagaran la décima parte de lo que habían ganado. Pero pagaban, todos pagaban.

Con los zapatos rotos, con la desnutrición en la cara, con salud maltrecha, con la casa de techos de lámina, pero pagaban.

Y es que el miedo era efectivo pero más aún la promesa de llamarse hijos de Dios. Quién no querría tener a Dios por padre luego de generaciones de sufrir las dificultades de enfrentar un mundo con el sello de bastardos en la frente.

En fin, que esos cristianos tropicales no eran seres ase-xuados.

La epidemia de adolescentes embarazadas en la iglesia tampoco era de extrañar. Tantas veces el repetido mensaje de que el sexo era malo, que había que llegar vírgenes al matrimonio, que el cuerpo era la vasija de Dios.

Pienso en ellas con tristeza. Y con rabia. Sus faldas lar-gas, los rostros apenas dejando la infancia, las barrigas pro-minentes, la vergüenza pública porque habían pecado, la redención que llegaba casándose a la fuerza con el cristiano tropical responsable. Convirtiéndose en esposas y madres despuntando los diecisiete o dieciocho años.

Muy probablemente repitiendo la trágica historia de sus padres como una maldición inexpugnable.

Entre la niñez y la adolescencia ese miedo religioso me atenazó todos los deseos. También yo llegaba a la edad de la punzada, también yo sentía que me enamoraba de algún compañero de la escuela, también yo sentía los vaivenes de mi cuerpo que mutaba a una velocidad sorprendente.

¿También yo correría el riesgo de que eso me pasara? Es increíble la angustia que se tolera a esa edad, sentir la vida explotando en cada célula y a la vez necesitar repri-mirlo todo porque liberarlo es un peligro. Porque es fácil rondar la casa de las muchachas que no tienen padre. Vivi-mos en una aldea eterna, por más presunción civilizadora de la que cualquier sociedad haga alarde.

Atrapada entre el miedo al abuso y el deseo, así crecí. Después tuve que enfrentar a las dos bestias, la que te des-troza aunque no quieras y la que te consume por dentro cuando la que quiere eres tú.

Las hormonas pedían vida, música, rebeldía para en-contrar la identidad, contacto físico para sentir. Me gus-taba escuchar *Hotel California* de The Eagles porque a uno de mis hermanos mayores le obsesionaba ese disco, pero pronto llegó el mensaje de que eso también era pecado. The Eagles, The Doors, Queen, Gloria Trevi, Juan Gabriel y hasta Lucía Méndez eran adoradores del Maligno. Su música era una misa oscura, una invocación demoníaca, un mensaje subliminal que llevaba a pecar.

El problema era que yo ya había cumplido dieciséis años y me moría por pecar. Las calenturas hormonales de la adolescencia me tenían al borde de la desesperación.

Así que con el perdón de Dios y en compañía del Diablo me masturbaba para descubrir lo que le gustaba a mi cuerpo, la potencia de un orgasmo, la sensación aguda y eléctrica entre las piernas que a esa edad es desbordante. Vivía por entonces en Santa María la Ribera, en un barrio peligroso y en una vecindad todavía más peligrosa. Me gustaban dos adolescentes que hervían en el caldo de sus hormonas igual que yo. Un vecino —el Güero— venía al lugar donde yo trabajaba atendiendo un centro de videojuegos, era la cajera que cambiaba dinero por fichas y tickets de papel por premios baratos. Pues he aquí que se me apareció el mancebo rubio y de pelo rizado que jugaba unos minutos y luego se plantaba frente a mí en el mostrador durante horas. Nos dábamos la mano, nos escribíamos recados de amor en papeles sudorosos, nos mostrábamos partes del cuerpo a través del cristal. Hablábamos de *Chin-Chin el Teporocho*, la novela de Armando Ramírez, que los dos habíamos leído.

Por las noches y pensando en él, luego de pecar espléndidamente conmigo misma, me arrepentía. Pero se me quitaban los arrepentimientos cuando veía que las otras adolescentes de la iglesia empezaban a mostrar los vientres crecidos. Al menos mi pecado de onanismo no tenía semejantes consecuencias. Qué modo de arruinarle el despertar sexual a una persona. Otro desfalco vital con cargo a la religión.

Pero el deseo siempre encuentra el modo. Y cómo disfruté la sofisticación de mis intercambios en cartas y ese tímido voyerismo con el rubio del mostrador.

Cuando terminamos de hablar de *Chin-Chin el Teporocho*, nos pusimos con *La tumba* de José Agustín. La pasión pura y dura que nos despertaba saber que leíamos juntos descripciones de masturbaciones y cachonderías era alucinante. Creo que ése fue mi primer amor sapiosexual. O no, a quién engaño, la verdad es que el mozo era guapísimo y lo que me ponía era él, no sus neuronas.

Para mi tristeza dejó de visitarme cuando su padre vino por él, me preguntó mis antecedentes familiares, incluyendo el consabido qué hace tu mamá, qué hace tu papá… y tuve que decir, con mucha vergüenza, que no tenía.

—¿Y tu papá a qué se dedica, muchacha?

—No tengo papá, señor.

Esa suerte de entrevista casual para mí era un atracón de ansiedad. No podía decir "mi padre murió" porque no era cierto, no me iba a poner a explicar que mi padre nos había abandonado porque no quería recibir esa mirada compasiva, mucho menos podía responder que mi padre era alcohólico porque aquello era como exhibir una llaga purulenta que con toda seguridad recibiría una cara de asco por respuesta.

Así que yo era inadecuada para el rubiecito, según su padre. Lo supe apenas respondí "no tengo papá", porque la cara del hombre fue de desaprobación.

Me sentí fatal y me pasé días pensando en que debí responder otra cosa, ideando un montón de escenarios y respuestas plausibles. Me anclé en el mostrador cual Penélope esperando por mi descolorido Ulises. No volvió a aparecer.

Otra vez la ausencia del padre cagándolo todo. O eso sentía, eso sentí durante muchos años, que la mitad de las cosas no resultaban como yo quería porque la mitad de mi origen era mala. Un ovario luminoso y un esperma jodido. Bella y bestia. Madre y padre. Mapá.

Pero mis dieciséis años y su carnalidad implacable no se rindieron. No hay ideología ni religión que se imponga a la marea de emociones y ganas que atraviesan el cuerpo.

Así que puse mis ojos en un muchacho de la iglesia que llevaba rato buscándome.

Benjamín, se llamaba. O se llama. Benjamín no tenía ni idea de José Agustín o de Armando Ramírez, llegaba los domingos a la iglesia con su Biblia bajo el brazo y oloroso a loción barata, acudía al culto de jóvenes muy concentrado y luego se juntaba con mis hermanos en la cafetería.

Era guapo, Benjamín. Y tenía, como casi todos en esa iglesia, el desamparo en el rostro. No toleré el espejo que su cara de desamparado me ofrecía, su rostro se parecía al de todos los muchachos de mi barrio, a todos esos que vivíamos en el despreciable quinto patio.

La vecindad que mi madre, mis hermanos y yo habitábamos estaba en la calle de Eligio Ancona. Vivir en ese lugar fue una experiencia tan majestuosa como sórdida.

Ocupábamos dos cuartitos separados por el largo pasillo que atravesaba toda la construcción. En uno de esos cuartos estaban las camas y el baño. En el otro el comedor y la cocina. Era una vecindad vital y grasienta. Un barrio para encomendarse a la Santa Muerte y no a la Virgen de Guadalupe ni a Dios-mi-padre-celestial como dice mi madre la mitad de las veces que sale una frase de su boca. Para encerrarse temprano o para salir a la calle y entrarle a los madrazos.

Cuando llegamos a vivir ahí yo tendría trece años. Esa vecindad que fue mi pasaje del héroe, mi rito personal en el que me convertí de niña en adulta. Ahí cumplí quince años y tuve una fiesta que mis benditas hermanas se ocuparon de organizar. Mis hermanas mayores —a diferencia de Goneril y Regan, las hermanas de Cordelia— tienen una grandeza de alma que me desbarata.

Crecer junto a ellas fue lo mejor que pudo pasarme en esa etapa tan formativa porque me rodearon de belleza. Me compraron para mi fiesta de quince un vestido negro (yo elegí el color pero qué podía esperarse de este temperamento plutoniano espesado en adolescencia), con las mangas de gasa o de una tela barata que lo parecía; me obsequiaron con una comilona de hot dogs y algunos amigos de la vecindad que nos reuniríamos en casa de otro que vivía cruzando las vías del tren; no voy a olvidar nunca esa fiesta, las carcajadas que compartí con mis hermanas llevando por toda la colonia una olla inmensa con las salchichas recién hervidas para el festín que nos esperaba; no teníamos auto, desde luego; la olla sería de unos 40 litros y la cargábamos entre dos sujetándola cada una de una oreja con un trapo para no quemarnos; cuando nos cansábamos esas dos éramos relevadas por las otras; tardamos tanto en llegar al sitio de la fiesta que cuando por fin estuvimos ahí las salchichas se habían enfriado. Teníamos tal ataque de risa que no pudimos hablar ni comer durante largo rato.

Mis tres hermanas me hicieron el regalo del disfrute ese día: disfrutar está permitido, hermanita; puedes reírte de la vida porque en medio de las calles de este barrio aguerrido y pringoso, nos tienes a nosotras para compartir la alegría. Gracias a ellas también puedo decir como Pessoa que no fui sino una niña que jugaba.

Una niña que jugaba en unas calles agresivas y malolientes, pero que jugaba.

Por esos años recibí de mi hermana mayor uno de los saberes esenciales de la vida: el gozo y el dolor conviven indefectiblemente, el gozo y el dolor son inseparables, aprender a integrarlos es aprender la vida. La felicidad es un embuste, una superchería barata, una mentira con marca registrada, una película edulcorada de Disney, y perseguirla es un despropósito; aprender a emulsionar el gozo y el dolor es el camino.

Una importante secuela de sus quemaduras fue que perdió mucha piel y la movilidad de la mano izquierda que tenía doblada hacia atrás, tuvieron que ponerle una placa de metal para corregir la postura de la muñeca pero parte de la piel empezó a dar muestras de que no había corriente sanguínea. Los cirujanos experimentaron con ella un método de cultivo para salvar los tejidos antes de que hicieran necrosis. Alojaron el dedo meñique en el vientre, la intención era utilizar el tejido en su estómago para que pudiera formar un nuevo suministro de sangre. Poniendo en contacto las superficies de la piel del dedo y el estómago, los vasos sanguíneos se conectarían y eso permitiría separar luego el dedo con la circulación regenerada. Esas cirugías que buscan cultivar una parte del cuerpo en otra no siempre funcionan. Pero con mi hermana funcionó, la placa de metal se integró bien a la piel de la mano y pudieron corregirle la postura.

Un dedo cultivado, eso pensaba yo, que no entendía bien a bien de qué iba todo aquello pero me impresionaba. Un dedo cultivado. Tiene su poesía.

Ser una puberta y ver a tu hermana caminando en la casa con el cuerpo encorvado, el rostro lleno de cicatrices por las quemaduras, apenas vestida con un batón que le permitía moverse con la mano metida en el vientre, podría haber significado una experiencia aterradora de no ser porque mi hermana se encargó de evitarlo.

Hay gente con talento para la vida en su sentido más esencial, y mi hermana lo tiene de sobra. Como si cada puntada que le tensaba el vientre ocultando su dedo extendiera un filamento del dolor a la alegría, ella iba de acá para allá con mejor cara que la que he tenido yo nunca. Y además se reía de sí misma. Por entonces sonaba una canción ochentera de aquellas que bajo el sello "rock en tu idioma" vendieron miles de discos y nos hicieron sentir que teníamos una identidad musical; para mi gusto era más pop que rock y más uniformamiento que rebeldía, pero la canción era pegadiza. La cantaba un venezolano y sonaba en México en todas las estaciones de radio.

Las amigas cuentan que te ves delgada
que a veces lloras por casi nada
que te molestas si no te complacen
todos tus caprichos y yo digo que:

No voy a mover un dedo
Tú te lo buscaste y te equivocaste
y te digo que:
No voy a mover un dedo…

Mi hermana se burlaba de sí misma cantándola. El dedo cultivado hizo las conexiones correctas pero, además, yo fui testigo de cómo se cultivaba el gozo por la vida en medio del dolor. Así como ella, cantando y sonriendo, con la simple pero dificilísima fórmula de ser capaz de reírte de ti misma. También de ella aprendí que la belleza contiene al horror.

Los amigos dicen que estás tan bella
que cuando apareces no hay estrellas
que te vieron bailando la noche entera
todos te trataban como una princesa.

En ese tiempo algo iba muy mal con la economía de mi madre, el descenso en la vivienda lo decía con contundencia, pasamos de una calle decente a una vecindad desastrada en una calle viciada y de paredes percudidas. Pero esto es México, aquí hay que apañarse con lo que se pueda cuando no naciste en algún decil de la población privilegiada, y eran los años noventa. O sea que algo iba muy mal no sólo con la economía de mi madre sino con la de millones de madres mexicanas. Algo iba mal para millones de familias.

Tuve que ponerme a trabajar. Y digo tuve porque mi madre me lo impuso, no es que yo tuviera unas ganas efervescentes de comprar una solicitud de empleo en la papelería para llevarla a cuanta tienda y supermercado existían; yo lo que quería era leer y escribir y ser actriz de teatro. Pero había que trabajar. Punto. Había que chingarle. Y así, chingándole, era la única forma de corresponder a esa mujer que había criado sola a ocho hijos rompiéndose la espalda, el aparato digestivo y el equilibrio emocional para lograrlo.

La vecindad tenía un corredor de viviendas en la planta baja donde estaban nuestros dos cuartuchos, y otro corredor en el piso de arriba con la misma disposición, otra hilera de cuartos habitados por personajes que ni Pérez Galdós habría concebido.

Aquello era vivir en la exhibición constante, las vecindades no conocen el concepto de privacidad, todo se vuelve colectivo y, aunque no quieras, una especie de familia política se agrega a tu familia de sangre y se mete en tu intimidad todos los días. Todos los benditos días.

Para mí aquella falta de privacidad era el espanto; yo que amaba el silencio de los libros, que tenía como sigo teniendo miedo de tantas cosas, que me esforzaba para controlar desde entonces el pánico, sufría en serio. Pero mis hermanas siempre encontraban la manera de convertir el entorno en motivo de risa, de alegría, de baile.

Ahí aprendí a amar a la Sonora Santanera y canté junto a Sonia López *oye, espero tu regreso, desde el último beso, no he podido vivir. Mira, tu amor me está matando, y el nido está esperando, tú tienes que volver. Todo sigue igual en nuestro nido…* Escuchaba la canción que se desparramaba sobre la vecindad entera desde el piso de arriba, *con toda esta belleza y tú no estás* y pensaba que esa belleza quedaba bien lejos de la calle de Eligio Ancona donde yo vivía, pero podía imaginarla y, a veces, leerla entre las páginas de mis libros desgastados, en mis ediciones baratas de Porrúa.

Fanny —la señora Fanny, que se ofendía como aristócrata si no anteponías el "señora"—una mujer de casi sesenta años, flaca, nervuda, morena y correosa, siempre arrastrando unas sandalias de plástico y andando a prisa, era la que le ponía el acento melancólico a la vecindad. Vivía sola y algo le dolía. Algo en el alma, quiero decir. Pude darme cuenta entonces y me doy cuenta ahora, lamento haber sido una mocosa incapaz de la empatía o la curiosidad suficiente para subir a preguntarle y cazar esa historia.

También aquello de *ven, ven, ven, ladronzuelo, ven*, resonaba todos los días con la voz sugerente de Sonia López. A veces bailábamos en el patio mis hermanas y yo, no hay quien se resista a la Sonora Santanera en sonido estéreo en medio de una vecindad perdida en el barrio de Santa María la Ribera.

En las pajareras —así le llamábamos al piso de arriba—, frente a la señora Fanny, vivía Elvia con sus dos hijas. Era fácil deducir que Elvia se prostituía. Junto a Elvia vivía Osiel, una chica bellísima que se había casado con un tipo que ejercía de mandamás de los Manjarrez, una banda de asaltantes de la colonia que descendía de los famosos Panchitos y que siempre llevaba una pistola asomándole entre los jeans (bien apretados marcándole los huevos como si se tratara de insignias militares) y la playera. Osiel lloraba día y noche, y, cuando la Sonora Santanera daba tregua, de su casa salía a todo volumen "Zombie" de The Cranberries, con la conmovedora voz de Dolores O'Riordan. Ésa también la cantábamos a grito pelado.

Al fondo vivía una anciana chantajista que era la suegra de Tania, que ocupaba uno de los cuartos frente a nosotros. Tania tenía cuatro hijos, de diez años la mayor y de un año el más pequeño. Éramos amigas de esos niños, jugábamos con ellos, se pasaban gran parte del día en nuestra casa, yo les ayudaba con sus tareas, nos queríamos. Tania, como Elvia, había ejercido la prostitución durante años y su cuerpo pasaba factura. Una vez le contó a mi madre que perdió a un recién nacido porque se lo comieron las ratas en el cuarto de desechos donde lo había parido.

Tania murió de cáncer cervicouterino, era cuestión de tiempo.

Todo aquello pasaba delante de mis ojos, todas aquellas historias zumbaban alrededor de mi cabeza. Y luego Dios.

Siempre la idea de Dios y la afirmación de que Dios es bueno y sabe por qué hace las cosas y los domingos eternos en la iglesia. La congregación de la bastardía, los hijos del no tengo papá, los aspirantes a hermanarnos con Jesucristo, que tenía al mejor padre de todos. Y Dios sabe por qué hace las cosas.

Así que, volviendo a Benjamín, el joven y guapo cristiano tropical, supe más o menos pronto que no era el candidato ideal para cometer el pecado que mis hormonas pedían a gritos. Benjamín era débil, y yo vivía mi propio horror de *Callejón de los milagros* en aquella vecindad que habría podido ser la locación de la novela de Naguib Mahfuz; no me provocaba deseo un espíritu tibio como el de Benjamín. Una tarde de domingo nos quedamos un momento a solas en el cuarto que usábamos de dormitorio. Nos dimos unos besos desesperados y pude sentir su erección contra mi pubis, algo me hizo buscarle el rostro y toda la calentura se me bajó cuando volví a registrar su desamparo que me recordaba el mío y no, no, no. Yo no quería eso, yo quería alejarme de eso cuanto pudiera. Me aparté y lo rechacé con firmeza, con toda la firmeza que a él le faltaba.

No volví a salir con él.

Después fue cosa de una semana para ver a Benjamín de la mano con otra chica, muy linda, de pelo negro y larguísimo. Y fue cosa de algunos meses para ver que a ella le crecía el vientre. Tuvieron un crío que vi una única vez en mi vida, pequeñito y rosa. Bendije tanto mi sensatez, que decidí seguir cometiendo el pecado conmigo misma hasta que el panorama no prometiera otra cosa, hasta que despejara el miedo y amainara el peligro.

Luego tuve un nuevo pretendiente, como los llamaba mi abuela, otro cristiano tropical. Pero yo ya había cumplido dieciocho años y todo aquello de la iglesia, los abusos, las exhibiciones, la manipulación de la miseria y el cinismo con los que los pastores justificaban ser mantenidos por el diezmo de la congregación me tenía harta.

Cínicos y perezosos. Si hasta yo tenía un trabajo fijo con un ingreso, ¿no podían buscarse uno ellos?

Cada vez leía más títulos incendiarios y menos a Mateo, Marcos, Lucas y Juan. Por entonces alguien me regaló *La condición humana* de André Malraux y empecé a sentir un intenso rechazo por la idea judeocristiana de Dios. Además, llegaba el momento de elegir una carrera universitaria y yo quería estudiar Literatura Dramática y Teatro en la Universidad Nacional Autónoma de México. ¿Y qué pues es eso?, me preguntó mi madre. Quiero ser actriz, le dije.

Mal. Muy mal. El pastor del culto de jóvenes, que había sido novio de mi hermana —un cretinazo de treinta años que vivía del diezmo—, advirtió a mi madre que lo que yo quería estudiar estaba mal. Las actrices son putas. Y se exhiben, y buscan la aprobación y el reconocimiento vano.

Anatema. Me volví anatema.

Estaba excomulgada, una suerte de maldición pesaría sobre mí por haber conocido los preceptos del Señor y renegar de ellos.

Al principio tuve miedo, pero pronto pensé que el precepto de entregar el diez por ciento de lo que ganaba trabajando como cajera no me gustaba nada. Tampoco me gustaba el precepto de aguantar que algún pastor iluminado quisiera meter su iluminada mano debajo de mi falda y mucho menos el precepto de aguantar la humillación pública, un embarazo no deseado y acabar casada con alguno de aquellos analfabetas cristianoides —e iluminados. Recuerdo que me encerré en un baño de la iglesia y pensé que no, que a mí nadie me maldecía, que era exactamente al revés: yo los maldecía a ellos.

Y celebré el pase al infierno que me daban porque para mí representaba un pase a la libertad.

Qué alivio fue cuando pude decir abiertamente que no quería eso, no más veladas de oración que me obligaban a mantenerme despierta hasta las seis de la mañana repitiendo salmodias amenazantes y viendo a la gente saltar y golpearse contra las paredes y el piso en plena histeria colectiva porque el Espíritu Santo bajaba y los hacía "hablar en lenguas", no más extenuantes lecturas de la Biblia, no más domingos interminables viendo a los señores pastores aprovecharse de la gente.

Pero seguía sin padre de carne y hueso y sin Dios Padre. ¿Y a quién le exigía la devolución de mi dinero?

V. Marte está enojado

Los últimos días de ese noviembre de 2016, cuando decidí buscar a mi padre, estaba ya muy lejos de aquella vecindad en Santa María la Ribera. Regresaba de un viaje de trabajo a Nueva York en el que un taxista pakistaní me hizo notar mi enojo con mi país.

Metida en su taxi que me llevaba al aeropuerto para volver a la Ciudad de México, intentaba sostener una conversación en inglés con Mustafá, cuyo acento asiático chirriaba junto a mi estridente acento mexicano, y la conversación se fue animando. Me preguntó qué tenía nuestra ciudad para ofrecer al mundo. Recuerdo perfectamente que esa pregunta simple y turística me descolocó. En aquel momento México aparecía en los noticieros del mundo por el impopular tema del narco: recién habían capturado al Chapo Guzmán de su huida más reciente y yo empecé disculpándome por eso, "México es un país de narcos, tal vez todos descendemos de uno", dije. Cuando estaba a punto de desbocarme con la retahíla de tragedias y la inseguridad, el conductor hizo un gesto con la mano e insistió con lo otro, con sus erres marcadas y su mirada ojerosa desde el espejo retrovisor: volvió a pedirme que le hablara de nuestras maravillas. Nuestras *marravillas*, dijo, en español intenso.

Me costó, pero me las arreglé para darle un mal resumen, algo escupí sobre la enseñanza infinita de la diversidad, en la Ciudad de México tenemos de todo, le dije a Mustafá. Quiso saber de la comida especiada y picante similar a la suya y yo acordé que sí, que eso tenemos en común: platillos que son un reto para el paladar y que entre la acidez y el picor te hacen retorcer como si tuvieras al demonio dentro pero que son adictivos e irremplazables.

Le intrigaba el asunto del mariachi y nuestra afición al canto, me pareció un cliché. Luego dijo algo de los bigotes de los hombres mexicanos, supuse que bromeaba, pero imagino que hay paisanos cuyos bigotazos causarían la envidia del Maharajá más Maharajá del Imperio indio.

Le hablé de nuestra creatividad, de la legendaria amabilidad de los mexicanos, de la biodiversidad: selvas, desiertos, playas. Resumiendo: que dije puro lugar común.

Pero él sonreía complacido.

Poco antes de llegar al aeropuerto de Nueva York, me preguntó si tenía hijos, respondí que no, vi una sombra en su cara, me dijo que los hijos son una bendición de Dios. No supe a cuál Dios se refería. *Don't be mad,* agregó al final mientras me entregaba la maleta y se inclinaba levemente para despedirme.

Y me irritó que me dijera eso, ¿me veía tan enojada de verdad?, ¿eso era lo que los desconocidos percibían de mí?

Me irritó también el remate de los hijos como una bendición divina.

Pero había que admitirlo, Mustafá tenía razón: yo estaba enojada.

Me sentía lejos de la reconciliación con el mundo y más lejos aún de aquel universo de culto cristiano del que no puedo recordar una sola cosa buena. O sí. Concedo que eso le dio contención a mi madre, le puso diques a su abismo, a la batalla titánica que libraba para criar a sus ocho hijos.

Quizá me irritaba admitir que el refugio de Dios es efectivo para algunas personas.

Cómo luchó mi madre para que sus hijos fuéramos personas enteras cuando el mundo se empeñaba en rompernos, cómo batalló para que ninguno de sus hijos se perdiera en el tormento de las adicciones, para que sus hijas estudiáramos, para que mi hermana mayor se recuperara del accidente que le consumió el cuerpo con quemaduras de tercer grado, para que aprendiéramos que nada valía más que la decencia, que la compasión, que la alegría de vivir, que el amor incondicional. Cuánta belleza veo ahora en esos rituales desesperados de mi madre. Su religiosidad fue un rito de la desesperación que duró años, ahora se ha convertido en su consuelo.

Pues esa madre resolutiva que no conoce la rendición se había sumado al viaje para buscar a mi padre. Yo sentía en el corazón algo parecido a lo que deben sentir los atletas olímpicos cuando se han preparado durante años para ese salto, para esa carrera, para ese performance que han deseado toda su vida, y cuando por fin llega el momento porque está todo listo, el miedo hace metástasis y por una fracción de segundo piensan que no van a saltar, que no van a despegar del piso, a ejecutar la acrobacia.

Tenía la intuición, la compañía de mi madre, la compañía de tres de mis hermanos, habíamos logrado despejar nuestras agendas para subirnos a la camioneta un 19 de diciembre de 2016, y tenía el deseo pero también tenía miedo. Mucho.

Así que, aunque ya lo había hablado en incontables sesiones con mi terapeuta y ya había escrito esa carta a mi padre, que para mí era sin duda el arranque de la travesía, yo seguía necesitando señales. Nunca he tenido demasiada fe en mí misma. El consabido síndrome de la impostora.

Como hacía muchos años que Dios Padre había dejado de ser mi vehículo de fe o mi red frente al abismo, había aprendido a mirar lo insondable en el cielo, en la astrología. Lo que habría dado por que Carl Jung interpretara mi carta natal.

Nací el 5 de noviembre de 1977 a las 18:18, según mi fe de bautizo, quién diría que un sacramento cristiano sería tan útil para calcular una herejía identitaria.

Lo sé, qué falta de seriedad, pero ¿qué tiene suficiente seriedad cuando se trata de entender a los seres humanos?

Pese a todo, creo que la astrología es la madre de todas las religiones y de todas las ciencias.

El caso es que consulté a mi amiga Dominique, que es una extraordinaria astróloga, y le hice una pregunta que se conoce como astrología horaria, quería saber si era propicio que saliera ese día junto con mi madre y hermanos a buscar a mi padre.

Y sí, sí era propicio.

Tu Marte está enojado, dijo Dominique levantándose las gafas para enfocarme mejor, es momento, es el mejor momento.

Marte, el dios de la guerra. El dueño del fuego de la ira, el planeta de la acción.

Y yo que me había pasado los últimos años tratando de entender que ya no estaba en guerra contra la pobreza, contra la inseguridad, contra el abuso. Yo, que llevaba años diciéndome *the war is over*, deja de pelear, puedes deponer las armas, descansa.

Lo cierto es que la energía marcial ha regido mi vida desde siempre.

Yo hago, doy batalla, no me rindo. Soy Escorpio. La mitología del signo entraña a Plutón, el dios del inframundo, de las oscuridades, de lo profundo de la psique; y a Marte, el otro regente, el guerrero.

¿Cómo podría toda esa combustión interior aceptar ser reprimida?, ¿cómo podría decirme a mí misma "tranquila, estás alucinando, tu padre no va a morir, calma"?

No hay modo.

Lo agudo de la certeza en mis intuiciones con la terquedad para ejecutarlas son mi maldición más oscura y mi más preciado bien.

Así que, aunque acaricié la idea de renunciar al plan y dejarlo estar, y aunque me dije que lo mejor sería concentrarnos en preparar la cena navideña, mis entrañas no me dieron tregua.

Tu Marte está enojado.

El enojo y la rabia me habitaron a plenitud durante décadas.

Yo creo que por enojo tuve aquel aparatoso accidente cuando tenía diecinueve años. Y también por enojo perseveré haciendo tres veces el examen de admisión a la UNAM para estudiar Literatura Dramática y Teatro hasta que me aceptaron.

Por enojo mandé a la mierda a los cristianos tropicales. Por enojo lastimé a mucha gente y dije incontables mentiras.

Como la mentira de que mi padre había muerto, la misma mentira que el pintor Rufino Arellanes Tamayo contó sobre el suyo para convertirse en Rufino Tamayo, suprimiendo el apellido de su padre. Yo también lo mataba simbólicamente y a veces me presentaba como Alma Delia de la Cruz. Había pactado desde el enojo con mis hermanos porque la ira legitima para matar, aunque sea simbólicamente.

No todos los hijos tienen semejante furia contra los padres que abandonan, pero mis hermanos sí la tenían y yo no podía traicionar a la tribu sintiendo otra cosa, mi llamado a la pertenencia era esa rabia.

De pequeña tuve una amiga en el internado donde estudiaba, Patricia, cuya madre la había abandonado cuando ella tenía cuatro años para irse con otro señor del que estaba muy enamorada y que no era su papá; desde entonces, el padre se hacía cargo de ella y de sus hermanos. Una noche la encontré llorando en los baños a los que yo iba para leer cuando apagaban las luces en el dormitorio.

¿Qué te pasa, por qué lloras?

Tengo miedo.

De qué tienes miedo.

Del Día de la Madre.

Era jueves, a la mañana siguiente se realizaría el festival del Día de las Madres que era una suerte de carnaval

frenético del fanatismo por la madre que en este país no conoce límites: desfiles de disfraces con niños cabezudos, coreografías mal ejecutadas, empalagosos poemas recitados en coro que de sólo escucharlos podían subir los niveles de glucosa de cualquier madre diabética, colgantes en todos los tonos de rosa engalanando las paredes… Patricia me contó que le daba terror el Diez de Mayo, porque año con año era la misma pesadilla, andar por ahí como si le sobraran los brazos, sin poder unirse a nada ni a nadie en el festejo, sin correr a abrazar a su mamá cuando entrara por el pasillo a ocupar su silla en el inmenso patio para presenciar el farragoso festival que en la escuela habíamos preparado, sin tener a quién regalarle el esperpento que un jolgorio maternal tras otro construíamos con nuestras propias manos: una pala de cocina convertida en espejo montado sobre el mango de madera para maquillarse, un disco de vinilo pasado por fuego y convertido en horrendo frutero, un pedazo de cartón con estambres de colores intentando formar un paisaje primaveral lleno de grumos y restos de resistol que negreaba con la mugre de nuestras lindas manitas.

Yo, que cada año obsequiaba mi adefesio envuelto en papel celofán y con un vistoso moño a mi mamá que me lo recibía como si le estuviera entregando un Picasso recién pintado, comprendí por primera vez la gran diferencia del peso social de la madre y el padre.

El Día del Padre me incomodaba, sí, pero no tenía esa carga demoledora que le caía encima a Patricia en un país que se paraliza, realmente se paraliza, el día de la veneración de las madres.

Lo peor para Patricia era tener que dar explicaciones. No, no tenía mamá. Bueno, sí tenía, pero no vivía con ella. Se había ido a vivir a otro lado, no sabía bien por qué. Pobre de mi amiga. Así que aquella noche en los baños tuve la brillante idea, qué otra cosa podía elucubrar, de sugerirle a Patricia que les dijera a todos que su mamá

estaba muerta. Finada y refinada. Punto. El viejo truco familiar.

Me miró aterrada ante la sugerencia y lloró con más ganas que antes. Cómo había podido sugerirle algo tan feo, pensar eso era pecado, y ella no quería que su mamá se muriera.

Sí, mis hermanos y yo habíamos pactado desde el enojo; pero es cierto que no todos los hijos hacen eso.

Así que una y otra vez declaré a mi padre muerto cuando llenaba solicitudes de empleo para ocupar posiciones corporativas importantes y no me daba la gana contar la verdad ni mostrar la herida que su ausencia me había hecho. Mi paso por el mundo empresarial fue el de una hija de su madre y de un padre muerto.

Por enojo golpeé con el puño una pared tan fuerte que perdí las uñas de los dedos. Dos veces.

Por enojo le abrí la cara de un cabezazo a una niña que se burló del rostro con quemaduras de mi hermana, cuando esa niña dijo que la señora que venía por mí a la escuela era muy fea, enloquecí y salté sobre ella como un búfalo desesperado: tuvo que pasar varias noches en la enfermería. Por enojo la excluí de mi grupo de beneficiarias cuando robaba uniformes nuevos del almacén de la escuela para las niñas cuyos padres no podían pagar la cuota que les permitía recibir uno nuevo. También por enojo —que yo confundía con un alto sentido de justicia— me robaba esos uniformes. Por enojo peleé exasperantes batallas verbales con mis primeras parejas como en un duelo a muerte. Por enojo tuve gastritis crónica, esofagitis y una hernia hiatal.

Es agotador, pero el enojo también es un gran activo. Puede resultar inspirador y mover montañas.

Se corren maratones por enojo.

Y se tiene buena cama estando enojada, la furia pone y regala sesiones de sexo memorables. Tú y yo cogemos bien porque estamos enojados, le dice Faunia a Coleman en la novela *La mancha humana* de Philip Roth. Pues eso.

No estábamos enojados ni mis hermanos ni mi madre ni yo cuando nos subimos a la camioneta el 19 de diciembre. Íbamos contentos, divertidos con la idea del viaje, diciendo tonterías, comiendo dulces, cantando canciones de José Feliciano, de Marco Antonio Solís y de José Alfredo Jiménez, repitiendo anécdotas familiares. Hicimos cuatro horas hasta Morelia donde paramos a comprar café y pan, luego comimos en Ario de Rosales. Cuando llegamos a Urapa —el pueblo donde está la casa de mi madre y que antes fuera de mi abuela— ya era tarde, se sentía ese frío de montaña michoacano, el cielo estaba despejado, la presión atmosférica era alta, una sensación de transparencia le daba brillo a todo.

Nos fuimos a dormir temprano porque a la mañana siguiente haríamos el camino hasta La Huacana y no son pocas horas de distancia.

Me metí a la recámara que había sido de mi abuela doña Paz, respiré ese olor de mi infancia, humedad y membrillos, humedad y duraznos, el humo lejano de la chimenea. Me pareció que vivía un sueño y luego que no, que todo aquello era de lo más anodino, que aquel viaje no tendría nada de mágico, nada especial.

Pero necesitamos conectar los puntos que nos dieron origen, o al menos intentarlo. Y eso no puede ser anodino.

Y ahí, con la nariz entre el ropero y aspirando un aroma que debía venir de casi cien años atrás, pensé que la novela de mi familia empezaba justamente con la lujuria de mi abuela. Esa doña Paz que se escapó del convento para no ser monja, que se casó dos veces, que tenía novio cuando yo pensaba que a semejantes edades nadie puede tener novio.

Sonreí pensando que en este mismo pueblo yo fui testigo de sus impudicias carnales, recuperé aquel recuerdo suyo en los merenderos de la plaza a los que pasábamos a cenar después de escuchar misa de siete.

Mi abuela me remolcaba con ella hasta la iglesia, su religiosidad rayaba en el erotismo, ella tendría sesenta y pocos, yo apenas cinco. Abuela cabrona y muchachita caraja, dúo disparejo y mal avenido, eso éramos. El caso es que yo la acompañaba motivada por razones culinarias: la cena consistía en comer una corunda; una delicia hecha de maíz, manteca, sal y el ingrediente secreto: ceniza de encino. Desenvolverla de la hoja de carrizo y aspirar el aroma era anticipar la lujuria. Una verdadera gloria de la cocina purépecha. Mi abuela compraba una corunda y me la preparaba cubriéndola de crema, queso y salsa roja, la aderezaba con los ingredientes medidos a su gusto, no al mío. Luego me daba la cuchara para que yo pudiera comerla mientras ella hacía lo mismo con su plato que tenía dos o tres piezas. Rematábamos bebiendo un chocolate caliente en agua porque mi abuela no toleraba la lactosa y nunca me preguntaba si prefería tomar algo diferente. Esa bebida, chocolate en agua, también es lascivia.

Atácabamos las corundas en silencio, pero yo no podía dejar de mirar a mi abuela, el placer con el que ella se entregaba a comer era fascinante: el suyo era un disfrute concentrado y único. Recuerdo que le brillaban los ojos y dejaba que el rebozo le descubriera la cabeza mientras se entregaba a la faena.

Entonces aparecía aquel señor alto y de sombrero que se sentaba junto a ella. Mi abuela quedaba en medio, entre el cuerpo del sombrerudo y el mío. Siempre intuí que por debajo de la mesa pasaba algo. Las manos buscaban y se movían. Yo poquito a poco me iba alejando del cuerpo de mi abuela en aquella banca de madera herrumbrosa hasta que salía del merendero a esperarla en la plaza del pueblo.

No sé si lo imagino o realmente sucedía, pero no me extrañaría que esa abuela reseca de cuerpo pero lúbrica de espíritu y más cabrona que bonita, se hubiera entregado a aquel juego que luego yo repetiría con mi rubio del mostrador en el local de videojuegos.

Abuela sensual, abuela dueña de un mundo religioso, nigromántico y terrorífico.

Algunas noches decía que, en el patio, junto a sus rosales, veía bolas de fuego; si el fuego era azul indicaba que había un tesoro enterrado, si el fuego era rojo era porque habían venido los jinetes del Apocalipsis.

Y yo estaba convencida de que mi abuela tenía magia porque podía sacarse los dientes, anticipar terremotos, traer niños al mundo, adivinar el género de la criatura con tocar la panza de las embarazadas y también tocarse la nariz con la punta de la lengua.

Mi abuela, que en sus delirios previos a la muerte preguntaba por Pancho Villa y se descomponía pensando que no le habían dado cristiana sepultura.

Mi abuela, a la que no le gustaba la gente tonta ni la gente fea; mi abuela, la que no lloraba.

Mi abuela, que perforaba sin piedad los zapatos recién comprados a la altura del dedo pequeño para que no le dolieran los juanetes y yo me escandalizaba porque no concebía que alguien pudiera hacerle eso a un par de zapatos nuevos, ¡eran zapatos nuevos!, mi abuela tenía que estar loca. Lo que hubiera dado por comprender a tiempo y tener el dinero suficiente para regalarle todos los pares de tenis con alta tecnología y suelas ergonómicas, cápsulas de aire, tejido aeroswift y aeroreact para que dejara de usar esos zapatos baratos y rígidos que tenía que cortar para poder caminar con ellos.

Mi abuela, que tantas veces sentenció que mi padre reaparecería.

Esa mujer era madre de mi madre, esas dos mujeres tan diferentes me habitaban y las dos tenían versiones distintas de mi padre. Mi madre rechazaba categóricamente que alguna vez hubiera existido un vínculo entre ella y mi padre, pero mi abuela afirmaba que habían estado muy enamorados y, aunque a veces condenara a mi padre, siempre abría la posibilidad de disculparlo.

¿A quién creerle?

Abuela cabrona, madre sacrificada. Dos líneas literarias.

Volví a mirar su ropero y sentí ganas de llorar recuperando la memoria de su cuerpo diminuto en la caja el día de su entierro.

Ay, abuela.

Mi abuela idolatrada. Mi doña Paz. La mano que cortó mi ombligo, la mano que meció mi cuna. La que abandonó a sus hijas. La enamoradiza. La partera. La de los dos maridos. La que no lloraba. La loca.

Recordé con culpa cuando le robaba monedas que sacaba de la alcancía donde ella las guardaba en ese mismo mueble que ahora tenía delante. Muchachita caraja y ladrona. Muchacha malacabeza y terca que ahora estaba ahí, empeñada en salir a buscar a su padre.

De pronto reparé en un trapo amarillo vibrante que salía del clóset de mi madre, era una pashmina que casi diez años antes yo le había traído de algún viaje. La prenda estaba ahí, impecable, planchadísima, preciosa.

Me conmovió el cuidado que mi madre le había dado a esa pequeña prenda, me sorprendió que aún la conservara porque mi madre regala todo, hasta la libertad para reconciliarse con el padre.

VI. Traiciónalos a todos

No hay familia sin herida. Del deseo y la capacidad de traicionar esa herida para luego reconciliarnos con ella es que nos volvemos individuos nuevos.

Una vez escuché decir a mi abuela que la miel es un cicatrizante natural para las heridas.

Ay, abuela, cómo te extraño.

La noche antes de salir a La Huacana soñé una fiesta de azúcares y mieles. Preparábamos la cena de Navidad en ese sueño valseado de ir y venir. Mi madre pidió que compráramos los ingredientes para el postre en el mercado y yo traje duraznos en almíbar; mi hermana compró azúcar y manzanas. Formamos mesas de tamaños desorbitantes como el mercado oaxaqueño de Tlacolula en donde pusimos panes coronados de azúcar blanca, de azúcar morena. Hasta vino mi tía la insufrible, a la que no soporto, y ella también trajo panes glaseados.

¿A qué venía tanta miel y tanta azúcar en mi sueño?

Había también mensajes de gratitud en ese pasaje onírico, mensajes por escrito de mis sobrinos.

Apareció una chica francesa en mi sueño, rubia, bellísima, se reía conmigo y hablábamos en un idioma cantarín de rarezas y carcajadas, ella preparaba postres parisinos. Con ella yo podía hablar otro idioma.

¿A qué venía tanta miel y tanta azúcar en mi sueño?, ¿a qué venía ese nuevo código de lenguaje?, ¿esa dulzura era el código que sí compartían las versiones de mi madre y mi abuela sobre mi padre?, ¿la dulzura era el amor?

Cicatrizar con miel, decía mi abuela. Pero para que haya cicatriz se necesita una herida.

A la mañana siguiente, antes de que los demás se pusieran en pie, saqué el cuaderno que llevaba para hacer notas del viaje. Me puse a escribir el sueño que acabo de relatar, alumbrándome con la lámpara del teléfono para no despertar a nadie. Luego de anotar el sueño, apagué la lámpara y volví a taparme hasta la cabeza en la cama, hacía frío. Tardé menos de un minuto en volver a prender la luz de mi teléfono y escribí esta reflexión justo después del punto final que narraba el sueño. Era 20 de diciembre de 2016, faltaba una hora para que nos pusiéramos de nuevo en camino buscando la casa de mi padre:

"Escribo esto con una bola de fuego en el vientre. Con una frase que ronda mi cabeza desde hace un año: traiciónalos a todos.

Traiciónalos a todos.

Sé que quiero decir algo importante con eso. Sé que quiero decirme algo importante con eso pero no sé exactamente qué.

Vuelvo a mi padre. Pienso en mi padre al que voy a conocer. Ahora tendré un padre, ahora tendremos un padre. Estaremos completos. Madre y padre. Hombre y mujer.

Traiciónalos a todos.

Quizá sí lo entiendo. Ya abjuré del credo y con ello traicioné a mi gremio.

Traicioné la leyenda de aquel padre muerto cuando traje la certeza de un padre vivo.

Y tengo miedo de seguir traicionando y al mismo tiempo sé que me toca seguir traicionando. Tengo miedo de la culpa ciega donde nacen los castigos que me autoinflijo por la traición. Pero sé que mis traiciones liberan, que abren paso a la conformación de otros vínculos, especialmente para los de las generaciones de abajo. Los que crecerán. Los que vendrán.

Madre y padre. Hombre y mujer que alguna vez se amaron. Aleluya, canta Leonard Cohen en mi cabeza ahora mismo. El rey David tratando de componer un Aleluya para el señor. Un hombre enamorado rindiéndose ante una mujer y cantando Aleluya. Algo sobre la fe, algo sobre la sagrada o la rota Aleluya.

Qué estoy haciendo. El soundtrack misterioso que aparece en mi cabeza, listo para tocar una música interna que nunca sé exactamente de dónde viene.

Qué estoy oyendo. Poesía. Siempre estoy oyendo poesía aunque sea incapaz de escribirla.

Quisiera escuchar la voz de mi madre. Su voz melodiosa sobre mis hombros. Su locura, ésa que le permite afirmar que Dios le habla y es su amigo. La voz de mi madre diciendo que puedo andar en bicicleta o aprender a leer y escribir, diciéndome que el amor es bueno, que me da permiso para irme de casa.

La voz de mi madre diciendo que puedo tener lo que yo quiera por derecho. La voz de mi madre diciendo que sí, que puedo tener un padre que me ame.

Acaso sea la voz de mi madre la que ronda mi cabeza desde hace un año. "Eres libre, te doy permiso, traiciónalos a todos que la miel cicatrizará la herida."

De modo que mi madre me daba permiso para volver a ponerle la cabeza a mi padre decapitado, para completar la foto.

Claro que me autorizaba, por eso quiso hacer con nosotros el viaje.

Por las reverberaciones del vocabulario y sus sincronías inexplicables, cuando subimos a la camioneta y agarramos el camino polvoso que nos sacaría del pueblo, de una casa con la puerta abierta salían las notas y la voz de Antonio Aguilar cantando *El golpe traidor*. Busqué mi libreta para anotar la coincidencia pero noté que la había olvidado sobre la cama donde pasé la noche. Entonces, y a partir de ese momento, empecé a escribir en las hojas de cubierta del libro *El impostor* de Javier Cercas que había llevado para leer durante el viaje.

VII. Hombres que abortan

Eran las 7:30 de la mañana y la camioneta avanzaba por un camino frío. El buen humor del día anterior estaba mutando en otra cosa. Era mi madre. En su larga noche del alma habría tenido sus propias reflexiones, sus dudas. Desde el asiento de adelante le extendí la mano para tomar la suya, ella venía sentada atrás. Adoro ese contacto, su piel suave y cálida es una madriguera, un universo.

Hay que llegar a los cuarenta años para aquilatar todo lo que vale eso, ir por la vida tomada de la mano de tu madre. De adolescente la odiaba. Aborrecía el contacto físico, me repelía que quisiera besarme, abrazarme, que me hiciera mimos. Odiaba ese olor a agua de rosas que ella usaba como remedio para humectar la piel y que a mí me repelía.

Es compleja y cambiante la relación con la madre. Inconmensurable y al mismo tiempo absolutamente ordinaria. Algo esencial cambió cuando fui capaz de comprender que esa mujer no era sólo mi madre, sino que primero era mujer. Una suave y áspera, enamoradiza y deseante, furiosa y arrepentida, bellísima, sexual, cansada, recelosa. Esa mujer era todo eso. Y yo fui una niña posesiva que quería que su madre fuera sólo madre. Niña tirana.

Hasta que hice el viaje de los años.

Adorar a la madre, luego odiarla, quererla lejos, volver a amarla, comprenderla. Ese viaje.

Cuando la idolatraba, a mis seis años, disfrutaba hasta el paroxismo verla arreglarse para ir a trabajar. Era nuestra comunión personal. Sólo a mí me permitía estar ahí, o tal vez yo era la única con impulsos voyeristas que bien había aprendido de aquellas cenas con mi abuela, me hipnotizaba viendo cómo mi madre se ponía rímel *noir-waterproof,* o rímel azul cuando se puso de moda en los años ochenta. Una vez la vi desnuda, su piel blanquísima, sus formas redondas, reparé en las estrías de su vientre, eran muchas, serpientes enrojecidas atravesándola del ombligo al pubis. Me asusté. "Es que aquí anduviste tú y anduvieron tus hermanos arañándome".

Diez embarazos tuvo mi madre. Su primer hijo murió. Los siguientes ocho estamos vivos, el último fue un aborto espontáneo, sus paredes uterinas habían perdido fuerza.

Madre mía.

¿Cómo sobrevivió esta mujer a veinte años de su vida embarazada y criando?, ¿cómo es que no está en los huesos o psicótica?

Cómo pudo resistir tanto ese cuerpo. Cómo no cedió al impulso suicida que le intuí más de una vez.

¿Se habrá planteado abortar mi madre? Su religiosidad le impediría siquiera imaginarlo. Eso y su profunda convicción de que los hijos son bendiciones, ¿lo creerá de veras?

"Sus bendiciones" que la descalcificamos, que le arrebatamos cada gramo de su carne, de su fuerza, que le provocamos angustias delirantes. Sus bendiciones, es verdad, hoy la colmamos de amor y cuidados. Pero. Pero. Pero. Cómo negar todo lo que le quitó la maternidad y la crianza de tantos hijos que tuvo que sacar adelante ella sola.

¿Se habrá planteado abortar alguna vez, mi madre? Mi abuela la asistió en casi todos los partos. Mi abuela podía oler a una mujer embarazada en el minuto dos de la gestación; era agudísima. Y desde luego estaba convencida de que el aborto es un asesinato, un pecado capital. No imagino ni remotamente a mi madre pensando en ello. Aunque tal vez me sorprendería si pudiera mirar en su interior.

Mi padre, en cambio, sí abortó. ¿O no?

Porque, bien visto, al menos en este país, son los hombres quienes abortan masivamente; son los hombres

quienes abortan de facto a sus hijos, legiones de padres re-
nuncian a millones de hijos y no tuvieron que promover
ninguna ley ni arriesgar el cuerpo en una clínica insalubre, nada.

Abdico de todo cuidado paternal.

VIII. La intuición del instante

Escribo esto un 20 de diciembre del año 2020.

Llegué a la edad que me permite comprender el carácter dramático del instante del que habla Gastón Bachelard. La juventud es una droga, tener diecinueve o veintiún años te intoxica, te nubla el pensamiento y te hace creer que siempre será así, que esa infinita repetición de los días no se alterará nunca, que siempre tendrás lo que tienes, que el espejo te devolverá la misma imagen y que tu cuerpo responderá igual un día tras otro, que los miedos estarán arrullados y tranquilos, bien domados; que el mundo que conoces será siempre como lo conoces.

Y con los años compruebas que sí, que los viejos tenían razón, que cada instante puede ser el último; que el tiempo es inasible, una nada detrás de la otra que en cuestión de nanosegundos se convierten en pasado.

Un día como hoy, el 20 de diciembre pero del año 2016, en el asiento del copiloto de aquella camioneta, empecé a dudar de la posibilidad de encontrar a mi padre. A sentir que el viaje sería en vano, a amasar una culpa negra si todo aquello no resultaba. Vamos a ver: yo con qué tamaños había organizado un viaje, atravesado las carreteras con mi madre y hermanos sólo porque una mañana, un instante, había tenido la intuición de que la muerte de mi padre se acercaba. Y quién me creía yo para suponer que tenía una conexión así con mi papá si hacía treinta años que no lo veía. Ponía los hechos en una balanza y se me revelaba mi locura con total nitidez: estamos haciendo todo esto porque tuve un presentimiento, un dolor de panza, el sueño de un búho. Estoy loca.

Si mis hermanos me pidieron que esperara, que el año próximo podríamos ir a Michoacán para las fiestas de mayo y aprovechar para buscar a mi padre, ¿por qué no les hice caso? ¿Cuál era la prisa? Pero yo tenía prisa. Dije que tenía que ser ya, que para mayo del siguiente año sería tarde, que estaba segura de que a mi padre no le quedaba mucho tiempo. Y mi seguridad venía sólo de una intuición, de una corazonada.

Pero no sé dar carpetazo a las intuiciones, a las coincidencias delirantes, y justo hoy, el universo ha vuelto a susurrarme una. Sé perfectamente que leí lo de la intuición del instante en Gastón Bachelard, pero no estoy segura de tener el título en mi librero. Con los años, los libros acumulados y los perdidos en las separaciones, la memoria pierde certeza y se va volviendo una bestia que olfatea las frases, que sigue la huella de los autores, que lame las heridas de palabras que van quedando en la psique.

Así, olfateando, me levanto y recorro mi librero, por ahí debe estar, en el apartado de filosofía que es un desastre pero con concierto.

Y ahí asoma un lomo anaranjado, descolorido y flaco: siglo veinte / gastón bachelard / la intuición del instante.

No sé cómo llegó ahí porque no recuerdo haberlo comprado, pero sí recuerdo haberlo leído. Lo saco del librero y descubro que lleva un exlibris representado con la figura de un búho, arriba se lee una tipografía limpiamente trazada con una pluma de punto fino: Marina Fanjul '82.

Entonces comprendo cómo llegó ahí. Ese libro me lo heredó una expareja que, a su vez, lo heredó de un amigo suyo y quien a su vez, lo heredó de su madre muerta: Marina Fanjul.

Me conmuevo y busco a Rodrigo, el hijo de Marina, para contarle que mientras escribo la novela de mi padre, ha aparecido como providencialmente el libro que fuera de su madre; le pregunto si quiere que se lo devuelva y él me responde que no, que me tocaba tenerlo. "Ese libro es tuyo. Fue de mi madre y ahora es tuyo. Las coincidencias son muy importantes en la vida. ¿Te das cuenta de todo lo que pasó para que abrieras ese libro?", me dice.

Y yo pienso en el búho de mi sueño, en el búho del exlibris de Marina; y vuelvo a confirmar que la intuición dispara con una puntería ineludible. Por eso me asustaba más la posibilidad de que el encuentro con mi padre realmente sucediera que la posibilidad de hacer el viaje en vano. Y fue ese terror el que empezó a descomponerme conforme pasaron las horas y nos fuimos tragando kilómetros de carretera, de tierra, de preguntas, de silencios incómodos.

Eran las 11:15 de la mañana cuando llegamos a una casa en La Mira, ese pueblo michoacano que destila posesión del narco. Se trataba de una casa vieja que mi madre recordaba como la posible vivienda de mi padre.

Bajamos de la camioneta y, en el acto, nos vimos rodeados de hombres y de niños que andaban en círculo alrededor de nosotros y luego desaparecían; la hostilidad se podía cortar con cuchillo. Nos halconeaban. No éramos bienvenidos.

Esa camioneta roja de placas desconocidas, esos cuatro citadinos con toda la jeta de chilangos y esa señora que ya nadie reconocía no eran bienvenidos en aquel universo. De pronto calculé que nos habíamos metido en una situación peligrosa por mi culpa, que podía ocurrir cualquier cosa, que qué estúpida había sido por llevarnos hasta ahí.

Percibimos la agresión, aquello no era un corredor de esparcimiento. Siete cosas que hacer en Lázaro Cárdenas, Michoacán; mi broma sobre aquella propuesta de turismo me volvió a la cabeza y esta vez no me causó la menor gracia. Todos tuvimos miedo, se nos notaba en la cara.

(Sugerencia de actividad recreativa número ocho: sobrevivir al viaje que hiciste buscando a tu padre).

Entonces mi mamá dio dos pasos al frente, leona cuidando a sus cachorros crecidos, y dijo que buscaba a Porfirio

Murillo, el papá de sus hijos. Que veníamos a saludarlo. Eso pareció abrir una posibilidad para palabrar con la comitiva y les mostró la foto del hermano de mi padre, el tío Pedro, el mariachi.

Y se dispersó la tensión. El hombre al que se dirigía mi madre dijo que Pedro ya no vivía ahí porque estaba enfermo, se había ido para el otro lado, pero en el pueblo quedaba una de sus hijas. Tampoco Porfirio vivía ya en esa casa.

De mi papá sabía poco, lo habían visto hacía ya meses en una fiesta, se decía que andaba sobrio y por eso nadie tenía razón de él. El silencio de la sobriedad.

Yo alucinaba mi intuición del instante. Aquello era el más feroz de mis presentes. Mi madre. Mi padre. La cabeza que poco a poco volvía a dibujarse sobre la foto vieja donde él había sido decapitado.

El hombre le dijo a mi mamá el domicilio de la hija del tío Pedro, le dio santo y seña, y allá fuimos. Si dábamos con el hermano de mi padre, tendríamos que encontrarlo a él.

El miedo da hambre, y sed, y risa.

Percibí el sudor agridulce de nuestros cuerpos cuando volvimos a subirnos a la camioneta y comprendimos que atravesábamos una zona de guerra del narco. Nos reímos de puro terror. Todavía se discutió si iríamos directo a la casa del tío Pedro o a comer algo. El miedo dentro del miedo más grande, el pánico de encontrarlo.

Finalmente decidimos ir a la casa del tío, pues sí, ni modo que no.

No íbamos a rajarnos aunque no saliéramos bien librados de todo aquello.

IX. Ese señor no es mi papá

Cuando mis hermanos y yo éramos niños, mi madre tuvo un par de novios por los que yo sentía cierto desprecio. Un extraño y calculado desprecio infantil.

Don Román y don Pedro. El primero era vendedor de medicamentos, de esos que van en su automóvil farmacia por farmacia y consultorio por consultorio ofreciendo medicamentos directamente del laboratorio. Un viajante, le llamaría Arthur Miller, hasta acá permea el sueño americano de ser el vendedor del mes. Qué miserable piedra angular la de un país en el que todos aspiran a ser el vendedor del mes.

Pues a mí me parecía muy poca cosa, ese don Román. Olía a menta, el hombre masticaba chicles para limpiarse el aliento cada vez que iba a visitar a mi madre en aquella farmacia del Estado de México que ella trataba de sostener como podía. Una farmacia que había comprado con el dinero trabajado durante no sé cuántos años en Michoacán, algo de la herencia que le había dejado su padre. O no sé, no estoy segura de dónde salió el dinero, hablo de oídas respecto de mi propia familia con un montón de temas. Es demencial todo lo que ignoramos de nuestra tribu, cuántos huecos rellenamos con silencio o confusión o con historias inventadas. Pero al menos lo de la farmacia es cierto, hay fotografías.

Una es la única imagen que tengo compartiendo con mi padre, soy una bebé de un año sentada en el mostrador de una farmacia. Y luego hay otras imágenes en las que ya tendré tres o cuatro años y comparto escena con mi madre afuera de ese mismo local.

Un boticario deslumbrante. Así lo recuerdo yo.

Román tenía un Volkswagen, un clásico vochito, sería el año 1982 o 1983, no sé. Mi padre se había ido hacía tiempo. Así que venía don Román en su vocho a surtir medicamento y a rondar a mi madre. Era amable, daba esa sensación de buena persona que los trajes bien planchados, la corbata y la línea imperturbable en el peinado sugieren.

Pero a mí me provocaba desprecio. Lo encontraba feo, apocado, demasiado tieso dentro de esas camisas amarillas y esas corbatas grandes; odiaba que me diera uno de sus chicles de menta cada vez que me veía. Detesto la menta, me da dolor de cabeza. Los únicos chicles que tolero son los de canela o frutas. Quizá una reminiscencia de mi paladar infantil. Yo qué sé. Además, suponía que lo del chicle de menta era para poder besar a mi madre en la boca y eso no me gustaba, la imagen de don poquita cosa besando a mi madre, reina de reinas.

Román quería casarse con ella, una y otra vez le pidió que "lo aceptara".

Esas imitaciones del amor siempre me han parecido despreciables. Ese "si tú me aceptas" o "si nos ponemos de acuerdo podemos llegar a querernos" es la mediocridad en pleno, no es amor, no es yo te amo y me consumo y si tú también no queda más que fundirnos en este fuego. En fin. Debe ser la espesura de Hades y Ares en la sangre.

El hombre le insistía a mi madre para que "lo aceptara" y le ofrecía una casa grande donde podríamos vivir todos sus hijos con ella. Todos, menos uno. Mi hermano Noé, el mayor, que por entonces tendría unos quince años. Y era bravo. Todos lo somos, confieso, porque no se sobrevive a la pobreza, a la calle, a la casi indigencia siendo mansos y suavecitos.

Así que Román no era tan buena persona como su línea en el peinado y su corbata impecable prometían, era capaz de pedirle a mi madre que sacrificara a uno de sus hijos para estar con él. Que sacrificara a uno para conservar a los otros y para tener una casa y un marido sustituto. Qué imbécil.

Qué hijo de la chingada y qué tibio al mismo tiempo. Porque lo que le ocurría a don Román era que tenía miedo de mi hermano, anticipaba que un muchacho que no era su hijo daría problemas cuando se convirtiera en hombre, no sería fácil someterlo; y ese hermano no sometido daría ejemplo a los menores y con el tiempo aquello sería incontrolable. Por qué no se buscaba una mujer sin hijos, me pregunto.

¿Por qué hay personas que tejen a la necesidad la promesa de un vínculo?, ¿por qué la perversión ronda siempre la intención de los hombres que ven a mujeres solas y vulnerables?

Mi madre dijo que no, sin dudarlo. Éramos todos o ninguno. Cómo no amarla.

A ti se te van a morir de hambre, sentenciaban don Román y tantos otros; le sugirieron que regalara a alguno de sus ocho hijos, hubo incluso quien le pidió directamente que me regalara a mí por ser la más pequeña.

Pues tal vez se van a morir, pero conmigo, o tal vez nos vamos a morir todos, pero juntos.

Y aquí estamos, porque la voluntad supera cualquier diagnóstico; la historia de la humanidad es un inagotable ejemplo de ello.

La voluntad y una madre coraje.

De modo que desapareció del panorama el hombre de los chicles de menta.

Pero luego vino otro, Pedro. Apareció cuando ya nos habíamos mudado a Santa María la Ribera. Tenía una carnicería en la esquina de las calles Manuel Carpio y Fresno, había que pasar por ahí cada vez que salíamos a pasear a la Alameda. Cómo adoraba yo ir al quiosco morisco y dar vueltas contemplando la cúpula por dentro hasta que el mareo me hacía tirarme al piso, extasiada.

Pues ahí estaba Pedro, el carnicero. Una vez me preguntaron si era mi papá, recuerdo que sentí cómo se me enrojecía el rostro. No, ese señor no es mi papá.

Pedro era un hombre mayor, le llevaría quince años a mi madre. Este tampoco me hacía gracia, odiaba el "Almita" que usaba para dirigirse a mí, la forma en que anteponía ese "Almita" cada vez que comentaba el hecho de que yo estaba creciendo, lo alta que me veía. El cuerpo intuye el abuso. El cuerpo aprende todas y cada una de las señales que mandan los abusadores cuando creces sin padre y con una madre trabajando tres turnos al día. El cuerpo está siempre vulnerable. Y el alma lo sabe.

La primera vez que Pedro me saludó y su abrazo se prolongó demasiado tiempo en mi cintura, hizo explotar mil alarmas en mi interior. No volví a acercarme. Nunca. Lo hablé con mi hermana Paz y ella me contó que le había pasado lo mismo.

No le dijimos a mi madre sino mucho tiempo después: enfureció. Ya no estaba con él de cualquier manera porque no se enamoró de él, ni del otro. Qué complicado debió ser tener treinta y tantos años y plantearse cada vez si había que elegir la soledad o si lo mejor era intentar con una pareja; si cada hombre que la rondaba era un peligro potencial para sus hijos.

O un peligro para sus hijas, sobre todo.

Pero hubo una vez, y no recuerdo otra, en que mi madre se enamoró de la única forma en que el amor verdadero se presenta, el que no conoce medianías: se enamoró como bestia. Era amor. Yo lo vi.

He escrito sobre ese pasaje de la vida de mi madre un par de veces porque para mí fue fundacional. Se enamoró de Enrique y se incendió en sí misma. Yo estaba tan perturbada por el estado amoroso de mi madre y tan enojada al mismo tiempo, que una noche acribillé una foto suya con mi pluma infantil, le perforé los ojos, le puse cuernos, le pinté pecas en el rostro. Ah, el talento de mi familia para desquitarse con las fotografías.

Esa foto bien podría enmarcarse con la de mi padre a la que le faltaba la cabeza.

Recuerdo la ira y la tristeza de mi madre cuando descubrió mi acto de vandalismo, montó en cólera para que confesáramos quién había sido. Por más amenazas y castigos, por más interrogatorios que mi madre aplicó con toda paciencia, yo resistí. Nunca acepté mi culpa. Nunca confesé. Nunca se dijo quién había sido aunque desde luego todos lo sabían.

A ese pasaje le llamo El mal del animal.

Treinta y seis años tenía mi madre cuando le vino el mal del animal.

Yo fui testigo en directo porque era muy pequeña y esa estrategia es la mejor para estar en lugares prohibidos sin que nadie lo note. Incluso ahí, abrazada a sus piernas sólidas y blanquísimas, casi marmóreas.

Mi madre se enamoró y yo la vi convertirse en animal. Lo juro.

El amor es una fiera con las fauces abiertas y quien no quiera perderse la oportunidad de sentirse vivo de verdad, tiene que dejarse morder. No hay alternativa. Siempre he encontrado fascinante el animalario que permea la poesía. Pienso en el tigre que desgarra por dentro al que lo mira y sólo tiene zarpas para el que lo espía del poeta Eduardo Lizalde; hay un mensaje ahí, un rito de pasaje, un poder que nos convoca: el olor de la sangre.

Pude oler la sangre de mi madre cuando se enamoró de aquel vecino soltero empedernido y menor que ella. Se puso más hermosa que nunca, más brillante, lúbrica. Y un poquito loca. Le dio por untarse polvos de colibrí y renovó su escasa lencería, le cambió la voz, la pisada, las huellas.

Este fin de semana estuve con ella, ahora es una mujer de más de setenta años, delgada y liviana, con el cuerpo encogido, pero no han dejado de brillarle los ojos. Cuando la miro así recuerdo aquellos días en que, siendo una niña, seguí atenta su transformación en fiera amorosa. Cuánto me alegra tener la certeza de que mi madre vivió eso.

Dice la poeta Julia Santibáñez en el poema "Génesis":
como perra gata zorra en celo recuerdo jugar
en el jardín señorear machos jirafearme
montar leones engorilada y caballuna...

Ésa era mi madre. Señoreaba al macho, montaba al león y a mí me mataban los celos infantiles, pero al mismo tiempo la intuición me decía que estaba presenciando un misterio, algo sagrado.

Mi madre me daba un mensaje: la pasión está permitida, el amor no se trata de "la persona correcta" sino de esto. Sentir está permitido, aunque duela.

A menudo recuerdo un texto de Stephen Grosz (*The Examined Life*) donde narra la experiencia de un médico que, trabajando en una leprosería, descubrió que las deformaciones de los leprosos no eran consecuencia propia de la enfermedad, sino el resultado de no sentir: insensibles ante las heridas, los pacientes podían dejar que se infectaran y se les cayera la piel en pedazos. "Cuando conseguimos no sentir nada, perdemos el único medio que tenemos de averiguar qué nos hiere y por qué". Ése es el remate brutal en el episodio de la leprosería.

Siento escalofríos cuando pienso en ello. Todo lo que hacemos para no sentir en tiempos de paraísos anestésicos, ahora que humanizamos lobos y perros en lugar de afilar al propio animal que cada uno somos, entregados por completo a esta hipocresía civilizadora que blanquea los dientes, neutraliza el veneno, pule las garras y convierte en oso de peluche al amor, esa enseñanza fiera de la que tenemos tanto miedo porque precisamente podría volvernos más humanos. No queremos experimentar emociones sin domesticar, queremos la medianía de lo correcto.

Pero es que sólo en el amor somos depredador y presa, sólo en el amor queremos matar y al mismo tiempo mostramos el cuello como lobos rendidos al alcance de un te amo que podría ser más letal que el disparo de un Remington de caza bien cargado.

Vuelvo a mi madre que no ha leído más libro que la Biblia y que jamás leerá un libro mío porque, gracias al cielo, mi madre eligió ser mi madre y no mi lectora. Vuelvo a mi madre y recuerdo.

Esa mujer amorosa que una noche salió a encontrarse con su amante a un terreno baldío de la colonia popular donde vivíamos. Seguí la huella para espiarla. Miré hasta el segundo preciso en que supe que no toleraría más y regresé a casa corriendo, con mi pequeño corazón infectado, mordido ya por la fiera. Junto a todos los recuerdos resecos que tengo de ese barrio devastado que es el Estado de México, tengo también ese momento vibrante, perturbador y luminoso.

Luego vino lo inevitable: la separación de los amantes.

Un día paró en seco el terremoto, la estampida de búfalos que la acompañaba al cerrar la puerta después de salir se marchó para siempre.

Y la vi batallar consigo misma para superar aquello. Por las noches lloraba bajito, cosía mi ropa y la de mis hermanos, inventaba caldos y guisos en los que reutilizaba hasta las cáscaras de papa del día anterior. Su duelo transcurrió entre ollas hirviendo y jornadas extenuantes de trabajo. Una mañana limpió los cajones de su tocador y los sobrecitos con polvo de colibrí desaparecieron de la casa. Y nunca más la oí llorar. Había sobrevivido.

Ésa fue mi madre enamorada. Y a ese novio de mi madre, Enrique, no le tuve un sutil desprecio calculado, lo odié con toda la fuerza de mi espíritu porque yo amaba a mi madre. *Cuarenta mil novios que tuviera no podrían, con todo su amor junto, sobrepujar el mío…* algo así habría dicho Hamlet. Por eso sé que mi madre lo amaba, porque yo me moría de celos. Los demás me parecían insignificantes, pero éste despertaba en mí un odio insano.

Después de él nunca más vi a mi madre así, ahora lo lamento. El enamoramiento es el mejor estado de los seres humanos.

Así que no volví a odiar a ningún otro novio de mi madre.

Amor y odio absolutos como síntomas uno del otro, danza preciosa, incombustible. Y que nunca sabré si sucedió alguna vez, de verdad, entre mi madre y padre.

Madre y padre. Bella y bestia. Hembra y macho. Depredador y presa. Sólo puedo desear, con toda mi alma, que los dos hayan jugado esos roles alternadamente y al mismo tiempo, que hayan sido tigre y venado, fiera y muñón desprendido.

Mapadre. Bellestia. Hembracho. Depresa.

Tigre que desgarra.

Venado que se desangra.

Colibrí que se condena a muerte mientras bate las alas.

X. La década maldita

Mi madre pasó de sus treinta a los cuarenta años viviendo en el Estado de México. Y con ella, nosotros.

Esa década fue la más dura, mucho peor que la vecindad de Santa María la Ribera. Diría que, para mí, incluso, Santa María la Ribera fue la puerta de Alcalá, el acceso a la tierra prometida, la conquista de la gran Ciudad de México.

Pero Ciudad Nezahualcóyotl, donde nací, fue y sigue siendo caldo de espesar tantas tragedias como su presupuesto alcance, que existe para ser desviado y perpetuar la miseria.

Con el Estado de México se ensañaron la corrupción y la pobreza porque es el lugar a donde llegamos del interior del país las familias que buscábamos trabajo creyendo que aquello era un paso a la tierra prometida.

Pero en ese lugar están reunidos todos los círculos del infierno porque ahí no hay dignidad, ni derechos, todo huele a mierda, a corrupción, a leyes que se violan, a cuerpos arrojados en el Gran Canal o en el río de los Remedios, a casuchas resquebrajándose bajo el sol inclemente; ahí no se puede preservar ni la belleza porque el asfalto caliente se la traga y se reseca la piel, se reseca el pelo y los pies se convierten en una prolongación de ese mismo asfalto agrietado. En las tiendas no hay nada, en las farmacias nunca tienen el medicamento que necesitas, no se encuentra un buen médico en kilómetros, no hay calles arboladas ni parques revitalizantes. La mitad del mes no hay agua y la otra mitad no hay luz. Una primitiva tragedia en el marco del triunfo electoral de una dinastía de saqueadores que han devastado hasta el último de sus rincones. Eso es el Estado de México, una cápsula de la que es muy difícil romper el techo no de cristal, sino de mierda.

Yo llegué a pensar que nunca saldría de Ciudad Nezahualcóyotl ni de Ecatepec, y que nunca saldría de la pobreza.

Esa parada obligada para quienes venían de otros estados de la república, fue el tren bestia de los años setenta, el lugar al que llegaban legiones de provincianos quemando sus naves para alcanzar la gran capital, el soñado Distrito Federal que, en efecto, ofrecía trabajo para todos, pero no vivienda. Así se formó esta distribución malsana de gente viviendo en la marginalidad para ir a trabajar a la zona céntrica a tres horas de distancia en transporte público.

Yo le tenía miedo a ese imponente dragón sobre ruedas que era el Metro, me daba terror por sus dimensiones, por el ruido que hacía al llegar y detenerse en el andén, por la sensación de estar atrapada junto a cientos de seres humanos sudorosos y extenuados en el vientre de una boa constrictor de proporciones cinematográficas. Siempre temí que hubiera un incendio, que el vagón se descarrilara, que se rompiera, que nos sorprendiera un terremoto ahí dentro y no poder escapar hacia ningún lado. Conocí a una chica, Matilde, que sufría ataques de pánico antes de entrar al vagón como quien los sufre antes de que el avión despegue. Matilde era mayor que yo, le sudaban las manos y se ponía a hiperventilar de angustia al borde del andén, había logrado que su familia reuniera el dinero de los pasajes para ella, para que pudiera estudiar la preparatoria; pero le daba terror subirse al Metro. Si Matilde y yo hubiéramos atisbado hace treinta años la tragedia de Tláhuac que cumpliría a cabalidad aquellas fantasías, nos habríamos vuelto locas. Pensar que efectivamente, años después, un tramo del Metro en la Ciudad de México colapsaría, se rompería en dos, mataría a veintiséis personas, aterraría a millones.

Pensar que esos mismos millones volverán a subirse al Metro cuando lo rehabiliten, volverán a arriesgarse; porque la vida en la periferia de la ciudad es eso, es no poder parar, detenerse es un lujo faraónico que no existe; hay que reventarse trabajando por generaciones, a veces, sólo para poder pagar el pasaje del día a una elegida en la familia, como Matilde, que tal vez pueda cambiar de mundo si las fauces de la corrupción que mata no se la tragan primero, o si no se la tragaron ya.

Esas jornadas extenuantes que empiezan a las cuatro de la mañana y terminan a las diez de la noche porque hay que invertir seis horas diarias en ir y venir terminan por enfermar a cualquiera. Y mi madre se enfermó. Tenía períodos depresivos y otros de ansiedad.

Pues ahí, en Ciudad Nezahualcóyotl, nací yo. Durante años no supe bien qué día. Porque por no tener no tuve ni acta de nacimiento hasta que ya había cumplido los tres años. Después encontré una fe de bautizo que data del 5 de noviembre de 1977 y es, en efecto, la fecha correcta. Pero mi acta de nacimiento tardía quedó con la fecha 5 de noviembre de 1979. Ahora toda mi documentación oficial dice que nací dos años después.

Así que la primera vez que quise sacar mi pasaporte vine a enterarme de todas estas irregularidades. Fue incómodo y me sentí avergonzada, era otra forma de encontrarse con el temido campo vacío, con la misma puta pregunta en el incesante examen del mundo de los legítimos: "Nombre del padre".

No poder tramitar el pasaporte porque mi documentación irregular revelaba el desastre de mi origen, la miseria, el casi analfabetismo de mi madre, la ausencia de mi padre, el caos de las familias pobres y numerosas. Y también fue liberador asumirlo. De acuerdo. Pertenecía al lado caótico del mundo, ese mundo donde no están los dos progenitores juntos en la gran cama nupcial ni cada hijo está en su habitación y mucho menos están los documentos en regla.

Me dijeron mi madre y mi abuela que nací un sábado, les creo más a ellas que a cualquier registro oficial. Pasaban de las seis de la tarde, eso me lo han confirmado mis hermanos mayores que cuentan que estaban todos en el patio de la casa comiendo calaveritas de azúcar de la Fiesta de Muertos esperando a que llegara la cigüeña.

Dentro estaba mi madre en labor de parto a manos de mi abuela, la mismísima doña Paz que me cortó el cordón umbilical y que me lo revisaba cada vez que me veía, más o menos hasta sus ochenta y nueve años, cuando todavía estaba lúcida.

Doña Paz me contó muchas veces la escena: parece que cooperé y el parto fue rápido y limpio, pero me tardé en llorar. "No querías llorar, tuve que darte muy fuerte porque te estabas poniendo morada de no respirar". Tal vez es que encontré el mundo irrespirable desde entonces.

Finalmente, mis hermanos me escucharon llorar y corrieron al interior de la casa muy decepcionados porque nunca vieron pasar a la cigüeña y eso que estaban todos bien puestos de calaveritas de azúcar y atentísimos haciendo de vigías.

Si tuviéramos idea de la familia a la que llegamos, ¿llegaríamos?

Yo hubiera comprendido que mi existencia era económicamente inconveniente en un contexto de tanta pobreza, que no se puede cuidar de ocho hijos siendo una madre en esas condiciones y con un padre que estaba por desaparecer.

Habría imaginado que pertenecer a uno de los más bajos segmentos en este país sería llevar una guerra por existencia.

Pero desde que el mundo es mundo, los humanos hemos demostrado una capacidad de reproducción inaudita. Insólita. La insólita reproducción de la especie humana, he ahí un relato fantástico para ser escrito.

Así que llegué inevitablemente a esta familia, crecí al cuidado de mi madre, que me atendía cuando podía estar en la casa; pero, sobre todo, al cuidado de todos mis hermanos. Mi madre no pudo amamantarme, así que me daba la mamila el que podía, como podía, con lo que se podía.

Siempre me he preguntado dónde estaba mi padre el día de mi nacimiento. No hay relato que lo incluya, ni el de mi abuela, ni el de mi madre, ni el de mis hermanos.

Cuántos, cuantísimos padres no estuvieron el día del nacimiento de sus hijos.

De cualquier manera, arreglé el pasaporte y confirmé que valen más unos papeles sin persona que una persona sin papeles.

Hoy tengo un pasaporte que, inevitablemente, entraña una errata, una falla de origen que ha sido institucionalizada. El documento dice, equivocadamente, que nací en 1979 y eso mismo dicen todas mis coordenadas oficiales, mis primeros dos años debió vivirlos una niña fantasma.

Niña fantasma, padre sin cabeza, menuda familia de artistas de circo.

Tuve mi propia década maldita entre los veinte y los treinta años. Todo era difícil, excluyente. Pasar de un segmento social a otro en este país donde la movilidad es casi imposible, es una pesadilla, una eterna noche asfixiante.

Conseguir un empleo en esas mecas doradas de la carrera corporativa es en extremo difícil si no fuiste a universidades privadas, más difícil todavía si no tienes un certificado de la Cambridge University que diga que dominas el idioma inglés, se pone peor si tu piel es tan oscura como la mía, y más cabrón si dices que tu papá no existe y que tu mamá trabaja aseando casas, vendiendo ropa, inyectando y limpiando el culo de viejecitas moribundas a las que su familia mezquina no quiso pagarles una enfermera de verdad y el trabajo recayó sobre la señora de la limpieza tan linda, tan generosa, tan como de la familia, a la que siempre compensan con ropita y zapatos usados que yo calcé durante toda mi infancia.

Así que acudí a cada una de esas entrevistas para empleos dorados ocultando los datos delicados, sonriendo como si mi sonrisa fuera un barco capaz de atravesar el océano de la brecha social, siendo feroz a la hora de manifestar mis capacidades.

Todo iba bien hasta que me preguntaban dónde había estudiado, dónde había nacido, si tenía coche. Sí, estudié en escuelas públicas; sí, nací en Ciudad Nezahualcóyotl; no, no tengo coche.

La manivela que abre la puerta del infierno corporativo es la gerencia de Recursos Humanos. Lo comprobé en cada una de las empresas donde trabajé. Son ignorantes, mastican dos conceptos de psicología que luego regurgitan mal interpretados nombrándolos psicología corporativa, repiten como máquinas desganadas los valores de la empresa, juzgan desde sus prejuicios a quien tienen delante. Y, no menos grave: tienen una ortografía espantosa que dispersan en sus correos electrónicos masivos rematados con frases abominables como "saludos cordiales".

Yo sonreía, me tragaba el orgullo, ponía la mirada en un punto lejano cuyo destino final era un cúmulo de insultos a los que daba rienda suelta en mi cabeza como cuando era niña y me enojaba con mi madre para luego pedirle perdón por todo lo que había pensado de ella. Así, sonriendo y fingiendo simpatía a una gerente de Recursos Humanos que dijo que yo tenía el problema —problemita, dijo— de venir de una escuela pública y del Estado de México pero le gustaba mi perfil, logré que me contrataran para llevar la Gerencia de Atención a Clientes en el centro telefónico de una empresa de telecomunicaciones.

Me reportaban más de cien operadores telefónicos que, además, estaban sindicalizados; no tenía idea de lo que me esperaba en ese primer empleo que, se suponía, debía ser mi camino iniciático a la superación de clase. Tiene gracia pensar que, en cierto modo, lo fue. Esa gerencia me bautizó en la doctrina de la clase media con empleo y prestaciones de ley, en la quincena como único credo y la devoción al éxito como confirmación de una religión compartida que exalta el espíritu cuando compras un auto a crédito, cuando cambias el modelo por uno del año, cuando pagas unas vacaciones de paquete todo incluido a la playa y consumes bebidas alcohólicas baratas pero que te venden caro, cuando sacas tu tarjeta de crédito para firmar el consumo de esas bebidas que también consumiste a crédito: vacacionistas de prestado y automovilistas de prestado, celebraciones con borracheras de prestado, exitosos endeudados.

Superados a crédito, pues. El éxito de la clase media.

Ahí aprendí que la grisura gana bonos de productividad y que la hipocresía gana reconocimientos de empleado ejemplar. También que los hombres no perdonan a las mujeres que demuestran tener mejor perfil profesional que ellos. No lo perdonan, no pueden, es como si atentaran contra el castillo que sostiene su reinado de testosterona.

Yo provoqué a ese reinado de la testosterona y lo pagué caro. Era la única mujer en las juntas de gerentes con vicepresidencia, tenía la mitad de edad y de peso que los veinte señores que me rodeaban. Mi jefe directo resultó tibio y perezoso como el que más, no hacía nada, llegaba diario después de las diez de la mañana conduciendo una Jeep del año que recibía como prestación de la empresa y se sentaba en su oficina a "revisar correos" hasta la hora de la comida; por las tardes daba vueltas en los galerones del call center y luego me llamaba a entregar resultados junto con el otro gerente que le reportaba, Samuel, que rondaba los cuarenta años pero se dejaba llamar "Sami" por todo el mundo sin la menor resistencia.

Cuando recién entré simpatizamos mi jefe y yo, pronto empezó a delegarme funciones marcando de su extensión a la mía todos los jueves antes de la hora de la comida: "licenciada, tengo que salir corriendo por un asunto con mis hijos pero tú me cubres, ¿te parece bien?", y siempre me parecía bien, qué podía hacer sino cubrirlo porque para eso era mi jefe y yo era consciente de que aquel primer trabajo cuyo cargo como gerente ostentaba en mi credencial de la empresa era la oportunidad más alta de a cuantas pudiera aspirar alguien que venía de donde yo había salido, aquel Ecatepec con su techo de mierda.

Pero mi jefe pronto pasó de encargarme que lo cubriera los jueves por la tarde, a pedirme que acudiera a su oficina para redactar en su computadora los correos electrónicos con los que debía responder al vicepresidente de la compañía, quien, a su vez, reportaba al dueño de la empresa, don Ernesto Vargas. Así, con ese perfecto organigrama de holgazanear en línea recta y descendente, terminé prácticamente instalada en la oficina de mi jefe inmediato para anotarle en un papelito las respuestas que debía dar a las preguntas que le hacía el vicepresidente mientras mantenían una llamada con el altavoz para que yo escuchara todo y pudiera pasarle el guion que él repetía en ese conference call que no llamada telefónica; "eso de llamada telefónica es para las amas de casa que no entienden de asuntos corporativos", dijo alguna vez mi jefe. Qué hermosura.

Mis propuestas empezaron a destacar demasiado pronto, lo que no podía presagiar otra cosa que un conflicto, pero yo era muy joven para darme cuenta; estaba exultante con el hecho de que me invitaran a las reuniones para presentar directamente mis ideas al dueño de la compañía, era como ser convocada por los dioses del Olimpo para hablar con Zeus y su voz tronante.

Tan rápido como empecé a destacar llegó el odio de los que me rodeaban día a día en las reuniones de gerentes. Escuché todos los días la repetición de la cofradía "nunca se ha hecho así", "no está en el manual de procesos", "el personal sindicalizado no va a recibir bien eso".

Para sumar motivos al desprecio que los señores sentían por mí, simpaticé con el hijo de los dueños, el joven heredero de esa familia que hizo su fortuna gracias al abuelo visionario que reservó las primeras frecuencias de telecomunicaciones y ancho de banda concedidas en este país. El cachorro y yo nos entendíamos bien porque éramos cercanos en edad y también él estaba cansado del "así no se ha hecho nunca", nos volvimos cómplices para quejarnos de los dinosaurios que nos rodeaban en la sala de juntas y provocarlos proponiendo acciones novedosas.

No me lo perdonaron. Apenas cumplía un año en ese empleo cuando, en medio de las fiestas navideñas, mi jefe aprovechó la ausencia de los Vargas que vacacionaban en algún lugar de Europa, y me echó. Ni siquiera me permitieron sacar mis pertenencias de la oficina, me echó como si fuera una ladrona vigilada por el cancerbero de Recursos Humanos. Por ambiciosa, porque quieres mi puesto, porque así no se ha hecho nunca. Eso me dijo, con cada una de las letras.

No recuerdo cómo salí de ahí, intentando no llorar, supongo.

Fue un golpe de realidad bien encajado entre las costillas y el orgullo, me quedé sin aire (y sin quincena ni bono de productividad ni vales de gasolina). También fue una lección de humildad porque sí, yo había pecado de soberbia, exhibía a la menor oportunidad la ignorancia de mi jefe y dejaba claro en cada reunión que su trabajo lo hacía yo.

Lloré seis meses mi derrota y acudí a incontables entrevistas de trabajo hasta que me contrataron de nuevo para un buen puesto que hubiera querido celebrar por todo lo alto pero ya había aprendido la lección: el bajo perfil, mujer, mantén el bajo perfil; no seas ambiciosa, mujer, no alborotes, no pidas cambios, no provoques, mujer, ve poquito a poco, sonríe, mujer, complace, mujer, habla en plural de lo que hagas aunque lo hayas hecho sólo tú. No toques la piedra angular de la testosterona, mujer.

Funcionó.

En ese nuevo empleo supe que el camino de las universidades estaba cancelado para mí. Yo era el proveedor de mi casa, fui mi propio padre que eligió no pagarme la carrera ni siquiera en una universidad pública sino ponerme a trabajar; tomé esa decisión porque las situaciones límite no dejan demasiadas opciones; había que pagar la renta, la comida, la vida, ayudar a mi madre, ese ciclo conocido que todos los que nacimos y crecimos en las clases bajas hemos recorrido por generaciones.

Se me oxidaba el corazón debajo de esas grises ropas de empleada corporativa porque yo quería dedicarme al arte, quería ser escritora; soñaba con ejercer alguna labor que me permitiera levitar, despegarme de ese mundo a medio asfaltar y apestoso a muerte en el que vivía.

Fui también el padre que transmutado en mi voz me dijo que esas carreras no sirven para nada, que qué es eso del teatro y la literatura, que aquí lo que hay que hacer es chingarle para pagar la renta.

Y eso hice durante veinte años, con la frustración mordiéndome el alma, con un eterno dolor en el pecho con el que me acostumbré a vivir. Trabajé durante veinte años sintiendo que me iba a dormir cada noche con un muerto, el muerto del éxito corporativo porque, para mi desgracia y mi ventura al mismo tiempo, una vez que dominé el truco de los matices del bajo perfil, resulté la empleada ejemplar; la vendedora más buena, la coordinadora que ascendía a gerente y luego a directora, a la que los *headquarters* tenían en la lista del "talento" que había que cuidar y promover para exportarme a otros países. La que entregaba los mejores resultados en la junta de los lunes para revisar los KPIs. Con esos ridículamente llamados *Key Performance Indicator* siempre sorprendía en ventas, ticket promedio, retorno de inversión, recurrencia de compras y un anodino etcétera al que yo le sonreía con cara de idiota premiada y persona satisfecha.

Pero mis KPIs personales daban cuenta de que mi situación era deplorable, de que me encontraba en un alarmante estado de quiebra que pronto empezó a manifestarse en pérdida de peso, luego aumento de peso, casi un año sin sangrado menstrual porque, según explicó el ginecólogo, mis ovarios estaban estresados; yo lo corregía: no, están frustrados, ellos lo que quieren es escribir y yo los tengo entregando reportes de ventas cada lunes aciago.

Cuando no podía más de frustración, empecé a comprar dulces en cantidades industriales, compraba cajas de galletas, pasteles, paletas de caramelo que masticaba y luego escupía para no tragarlos y no engordar. Me destrocé los dientes.

En realidad, terminé de destrozarme los dientes que de por sí tenía frágiles porque la dentadura es un gran indicador de pobreza, los dientes son el fósil más revelador de las carencias o las condiciones de una vida humana.

De niña nunca fui al dentista más que para que me sacaran piezas, las consultas eran caras y había dentistas que sacaban las muelas gratis o por diez pesos. Luego en una pelea entre hermanas perdí un pedazo de un frontal incisivo y trabajé durante semanas con uno de mis hermanos grandes vendiendo muebles en la calle para sacar el dinero que me permitió pagar una restauración de resina. Siempre digo que mi dentadura es el coliseo romano, restaurarla ha sido un trabajo arqueológico.

Pobreza y estrés, fórmula corrosiva para dejar los dientes en pedazos.

Una tarde, después de revisar los KPI's corporativos, bajé a la dulcería a comprar esos inmensos chicles esféricos que en algunos lugares salen de las máquinas al introducir una moneda; en la dulcería del corporativo, que además está en un centro comercial —plaza Carso— la venta de esos chicles era fancy, como sería fancy la venta de un pedazo de mierda disecada o de cualquier otra cosa por ridícula que pareciera.

Compré treinta chicles de todos los colores: morados, amarillos, rojos, verdes; recuerdo que salivaba mientras me los envolvían en una encantadora bolsita con un sofisticado moño dorado.

Apenas recibirlos, corrí al estacionamiento y descendí esa espiral del infierno que me llevó hasta el sótano 4 donde estacionaba mi auto, me encerré ahí y frente al volante mastiqué cada uno de esos treinta chicles para luego escupirlos en la elegante bolsita; cuando escupí el último, la resina de mi diente frontal iba en esa masa babosa y amarillenta. Primero me reí y luego lloré hasta que se me congestionaron las vías respiratorias y me prometí que dejaría ese mundo corporativo para dedicarme a escribir antes de seguir siendo la empleada estrella que traiciona por treinta chicles y se sonríe a sí misma en el retrovisor del auto con los dientes rotos de ansiedad y frustración. Mi alma también estaba chimuela.

¿Cómo habrá tolerado mi madre toda la frustración laboral que cayó sobre ella durante veinte años?, ¿cómo resistió su psique esa presión con la de la maternidad que le demandaba criar a ocho hijos?

En su momento, en su década fatal del Estado de México, mi madre se convirtió en la Virgen de la Amargura, en una Furia, en una diosa herida.

Debió vivir episodios de ataques de pánico porque a veces nos decía que se estaba muriendo, sentía una taquicardia incontrolable, veía todo negro, hiperventilaba, pero después de unos minutos pasaba la crisis.

Otras veces los ataques eran depresivos y lloraba por días enteros repitiendo como un mantra que quería morirse y que su vida era la peor; soy la peor del mundo, decía mi madre sin haber leído a Sor Juana. Insistía en que le había salido todo mal. Fracasé como esposa, fracasé como madre.

Quién pudiera regresar el tiempo y no tener seis años y saber exactamente qué decirle para consolarla, quién pudiera ir allá, a esa noche dolorosa que le duró una década y arrullarla, quién pudiera reparar, parir a la madre, y nutrirla de regreso.

No fracasaste, mamá. Eres única. Mira lo que has hecho. Aquí estamos todos como querías. Juntos y sonrientes. Juntos y fieros. Juntos y vivos. No fracasaste.

Los días más difíciles eran cuando se ponía furiosa y arremetía contra lo que tuviera enfrente, golpeaba sin medida, como queriendo matar, o eso se sentía. Escucharla llegar era estar alerta, guardar silencio, esconderse, volverse invisible para no provocarla porque cuando empezaban los golpes podía pasar cualquier cosa: salían volando piedras, platos, quedaba la piel rota por los latigazos con cables de extensiones eléctricas, de todo. Ésa es la desesperación. Yo vi a mi madre, Virgen de la Desesperación, llegar a los límites de su cordura.

Y luego lloraba, pedía perdón, se arrepentía.

Entonces me acercaba a ella, le llevaba un pañuelo para que se limpiara las lágrimas, la miraba desde abajo, desde mi altura veía a una madona perfecta, triste y perfecta. Una madona que pedía perdón por no saber cómo criar sola a ocho hijos.

Cuánta belleza había en su resistencia. Cuánto amor en su no rendirse, a pesar de estar perdiendo la cordura. Entonces encontró su ansiolítico. No fue a psicoanálisis, ni a terapia sistémica ni Gestalt, se convirtió al cristianismo aquel del que hablé antes. Y eso detuvo su derrumbe.

A partir de entonces y hasta ahora, mi madre tiene conversaciones directas con Dios. Un misticismo que ni Santa Teresa acompaña a millones de madres mexicanas; el estado alterado de consciencia que provoca la desesperación es la eucaristía conocida de muchas de nuestras madres. Su desesperación convertida en fe. Su vulnerabilidad transustanciada en Dios.

Lo pasaron tan mal, nuestras madres, pero no abandonaron. La mía nunca abandonó.

Eso, para mí, es el poder del amor y dura más, mucho más que diez años malditos. Alcanza para repartir por generaciones.

XI. Mi tío Porfirio

Llegamos entonces a la casa de la hija del mariachi, mi prima. Si teníamos suerte de encontrarla, ella sin duda sabría decirnos el paradero de mi papá. Después de todo era el hermano de su padre.

De nuevo, bajar de la camioneta fue sortear la hostilidad del pueblo, las miradas inquisitivas, los niños que rondaban y luego se iban, los sombrerudos que nos vigilaban.

¿Eran mis nervios o esos niños y ancianos se hacían señales con las manos, con el sombrero, como hablando en código?

Tocamos a la puerta, mi corazón se puso taquicárdico, a ratos pensaba que se detendría un bit o dos para descansar la marcha. Tocamos una vez y mi corazón resonó búm, tocamos dos veces y esa víscera que no se calla nunca golpeó más fuerte búm búm, tres veces, más rápido, búm búm búm, cuatro veces, no había nadie.

¿Cómo es que un músculo cardíaco es el encargado de procesar el amor y la desilusión?

Nos miramos. Al instante resolvimos dejar un recado. Lo escribí yo. Y como estúpidamente había olvidado la libreta, levantamos del piso un cartón viejo donde anotamos nuestros teléfonos y dijimos que éramos los hijos de Porfirio, que lo andábamos buscando, que lo traíamos en La Mira. Pasamos el papel por debajo de la puerta.

Y entonces confesamos todos un ataque de hambre aguda. Tantas emociones iban y venían en cuestión de horas, que el metabolismo reaccionaba de un modo y de otro. Así que decidimos ir a comer y volver a la casa más tarde, quizá encontráramos a alguien si regresábamos después.

Comer es la forma más segura de regresar el alma al cuerpo, y allá fuimos.

Comimos mariscos. Estábamos en zona costera y en todos lados ofrecían tacos de camarón y pescado. Nos sentamos mi madre y sus cuatro crías a la mesa. Pedimos unas cervezas, el ánimo se componía y se descomponía en cuestión de minutos. Nos hicimos una foto, ahora que la veo me doy cuenta de que todos, menos mi madre, tenemos cara de niños; como si nuestro rostro infantil hubiera resurgido desde algún lugar enterrado bajo nuestra piel.

Pedimos tacos y caldos de camarón como para un regimiento, no pudimos ni con la mitad. Somos de apetito voraz pero de capacidad instalada estrecha, digamos.

Los ocho hijos de mi madre tenemos un metabolismo fiero.

¿Dije antes que no creía en dioses ni divinidades? Mentí cínicamente.

Creo en lo sagrado del cuerpo, creo que el hambre es el santo sudario que conservó y ha conservado los cuerpos incorruptos de mi bisabuela, mi abuela, mi madre, mis hermanos y yo.

No creo que haya milagro más efectivo que el hambre.

El hambre hace andar al que no anda y correr al que no corre, el hambre hace trabajar y sudar. No hay mejor cardio que el trabajo físico incesante. Por eso las clases altas heredan generaciones de abúlicos, de huevones hipotiroideos, de falta de hambre, de desgano y atonía muscular convertidos en depresión. No se ofendan. No me lo tengan en cuenta.

Déjenme despotricar a cambio de todos los años que escuché a patrones y maestros sermonearnos y castigarnos por ser pobres, por tener piojos, por tener anemia, insultando a mi madre por haber osado traer al mundo hijos de la pobreza. ¿Cómo se atrevieron? Con qué gusto les diría ahora que la seguridad de sus apellidos reprodujo hijos condenados a la medianía por la falta de hambre.

No me lo tengan en cuenta, no se enojen conmigo. O si se enojan, venga, desahóguense ahora ustedes, yo invito, que para eso estamos este libro y yo. Faltaba más. Ya dije que soy hija de Ares y me gusta soplarle al fuego.

No puedo evitar evocar esos versos del poeta cubano Roberto Fernández Retamar:

Felices los normales, esos seres extraños.
Los que no tuvieron una madre loca, un padre borracho, un hijo delincuente,
una casa en ninguna parte, una enfermedad desconocida,
los que no han sido calcinados por un amor devorante,
los que vivieron los diecisiete rostros de la sonrisa y un poco más,
los llenos de zapatos, los arcángeles con sombreros,
los satisfechos, los gordos, los lindos,
los rintintín y sus secuaces, los que cómo no, por aquí,
los que ganan, los que son queridos hasta la empuñadura,
los flautistas acompañados por ratones,
los vendedores y sus compradores,
los caballeros ligeramente sobrehumanos,
los hombres vestidos de truenos y las mujeres de relámpagos,
los delicados, los sensatos, los finos,
los amables, los dulces, los comestibles y los bebestibles.
Felices las aves, el estiércol, las piedras.
Pero que den paso a los que hacen los mundos y los sueños,
las ilusiones, las sinfonías, las palabras que nos desbaratan
y nos construyen, los más locos que sus madres, los más borrachos
que sus padres y más delincuentes que sus hijos

y más devorados por amores calcinantes.

Que les dejen su sitio en el infierno, y basta.

Difiero en un punto esencial con Fernández Retamar, si se me permite: los satisfechos no son felices, son cómodos; y la comodidad es una enfermedad degenerativa y mortal. El hambre es fuente inagotable de algo parecido a la felicidad si se busca la manera de saciarla. Felices los hambrientos, digo yo.

Felices los sedientos.

Felices los incómodos.

Felices los que nunca dejan de sentir hambre.

El hecho es que mi madre tiene una salud deslumbrante a sus setenta y cuatro años. Ni diabetes, ni cáncer, ni hipertensión, ni sobrepeso. Su madre vivió noventa y ocho años sin ninguna enfermedad crónica; mi bisabuela, lo mismo.

Creo en el prodigio de la adaptación. En el misterio divino del cuerpo cuando tiene que resistir a todo porque no puede darse el lujo de enfermar.

Y también creo que nuestro cuerpo lleva escrito el *Malleus Maleficarum* cuyos oscuros e infinitos poderes obran contra nosotros mismos. El cuerpo es Dios y el Diablo, el cuerpo es milagroso y maligno, hay que creer en el cuerpo y adorarlo, seguir sus designios, su mandato.

Esa marisquería tenía en la pared un cuadro tan perturbador como naif, alucinante. Un pulpo negro extendía los tentáculos sobre cinco sirenitas radiantes sentadas a su alrededor. Mi madre se sentó justo delante del cuadro y yo la veía a ella recortada en ese cuadro que sólo podíamos encontrar en un pueblo michoacano.

El kitsch también es capaz de narrar el terror. Lo cursi contiene al horror en todo pueblo mexicano.

La cara de mi madre se fue descomponiendo. Ya no estaba contenta. Yo veía la mesa rebosante de comida y recordaba la escena de aquella película donde Tom Hanks sobrevive a un naufragio, le ha costado tanto conseguir el alimento mínimo para no morir durante años y, un día, de pronto, está delante del summum del desperdicio americano: un bufet de carnes, mariscos, quesos, frutas, postres… todo en exceso, todo en tamaño extragrande, todo en porciones descomunales. Todo al alcance de la mano. El absurdo en un instante. Nuestras anti leyes de la naturaleza van a acabar con nosotros. En versión extra size.

Pienso en los infinitos días que pasamos hambre mis hermanos y yo.

Mi madre fue ese náufrago que atravesó el océano incontables veces para traer comida a la mesa luego de una semana sin comer más que cucharadas de azúcar o de sal, según hubiera en la alacena, o alguna fruta que nos regalaba un vecino. Teníamos la piel rota de frío y desnutrición, en la escuela a mi hermana y a mí nos diagnosticaron anemia, no quiero ni imaginar cómo estaban mis hermanos mayores cuando entraron al internado en Hidalgo donde mi madre encontró refugio y escuela para ellos.

En la mesa de mi casa se repartía entre muchos una naranja o un pan, una barra de chocolate. Había que esperar para comer. Y aun así, con esos periodos de violenta desnutrición en años decisivos, en años de desarrollo, crecimos enteros.

Hoy todos pasamos los cuarenta años y revisión médica tras revisión médica, nuestro estado de salud es impresionante. Mi madre procuró, siempre que podía, alimentarnos con frutas, verduras, huevo; alejarnos de la comida chatarra.

Cada vez que un médico internista me dice que la química sanguínea de treinta elementos está perfecta o que el metabolismo radiante o la presión de atleta y le atribuye a la actividad física el milagro, yo pienso en mi madre. En cada gota de mi sangre y de mi orina y de mis ácidos grasos y de mi colesterol bajo y mis triglicéridos controlados está el amor de mi madre. Eucaristía. Los prodigios de una madre desesperada que hizo de todo por alimentarnos. De todo.

La infalible dieta del hambre biológica; no del hambre ideológica o del hambre hedonista, el hambre de verdad.

Eran ésas mis elucubraciones frente a aquella mesa llena de pescado, camarones, tostadas, guacamole y cuanta cosa. Apenas comimos. Pensé todo aquello y creo que resoné los pensamientos de mi madre, veríamos a mi padre ahora que la mesa podía llenarse tan fácil. Crecidos y sanos, enteros y bien nutridos, así veríamos a mi padre si es que lo veíamos. Cuando ella había dejado la piel atravesando tres jornadas de trabajo diarias. De pronto mi madre estaba muy enojada. Virgen del Naufragio, ampáranos.

Pagamos la cuenta y volvimos a la casa de la sobrina de mi padre. La puerta seguía cerrada a piedra y lodo, el cartón que habíamos pasado por abajo asomaba exactamente igual que cuando lo habíamos colocado ahí dos horas antes.

El desánimo se asomaba, coqueteaba conmigo desde las nubes socarronas, "te lo dijimos, estás loca, sólo viniste a perder el tiempo". Esperamos sin esperar. El sol caía directo sobre nuestras nucas de cabellos negros, sobre nuestros hombros morenos, eran casi las dos de la tarde.

Y apareció un muchacho que aparentaba tener quince o dieciséis años, pero luego supimos que apenas tenía doce. Carlos René Jacobo Murillo. Nos miró con desconfianza al principio, su rostro chispeaba inteligencia; mi mamá le habló. Mi madre siempre habla. Ella es la que tiene la palabra cuando está. Y eso es hermoso. Eso es el orden perfecto y natural del mundo para mí, que mi madre tenga la palabra.

Y Carlos René se presentó. Ésa era su casa. Su abuelo era Pedro, el hermano de mi padre.

Ah, ustedes son los hijos de mi tío Porfirio, pásenle. ¿Ya comieron?

XII. Cinema Paradiso

Tenía diecinueve años cuando me fui de casa de mi madre. Había visto en un cineclub universitario *Cinema Paradiso* de Giuseppe Tornatore y me había hablado directo al hipotálamo.

Estaba incendiándome de ganas de dejar el nido, cada minuto que recorría en el microbús del metro Balbuena a la casa donde vivíamos entonces, que está en Valle de Aragón, Ecatepec, me quemaba hasta la pulpa de los huesos. Cada vez que se armaban los chingadazos en la combi o en el microbús porque se subían dos rateros, cada vez que atravesaba el río de los Remedios y el tufo a violencia subía y golpeaba como amoníaco la nariz era incendiarme.

Tenía que largarme del Estado de México que era como el Giancaldo de Salvatore en *Cinema Paradiso*. Tenía que huir como Lot de Sodoma y Gomorra y no mirar atrás para no convertirme en estatua de sal. Salir corriendo y no parar hasta estar tan lejos que regresar fuera imposible.

Alfredo le dijo a Salvatore que se fuera de ese pueblo siciliano para no volver. El ciego, el símbolo del oráculo que ve más allá, la entrega al destino.

Mi Alfredo fue mi propia madre, que dijo más o menos lo mismo sin decirlo.

Una noche le conté que pensaba dejar la casa, tenía un empleo de operadora telefónica de medio turno y por fin me habían aceptado en la universidad, no podía ir y venir todos los días de Ecatepec al centro telefónico en el Palacio de los Deportes, luego a Ciudad Universitaria y regresar pasadas las once de la noche al páramo jodido de Ecatepec.

Tengo que irme, mamá.

Y esa voz fiera y dulce me dio permiso de traicionar desde entonces.

Si te quieres ir, vete, es la ley de la vida. Sólo te voy a pedir que me avises qué día y a qué hora te vas para no estar aquí porque no quiero verlo. Eso me dijo.

Me cimbro al recordarlo. Al valorar en todo su peso el regalo de mi madre. Me regaló su ausencia para que yo no dudara, me regaló no mirarla, desapareció del panorama para que yo tuviera la fuerza de irme sin mirar atrás. Mi madre me daba el mar y me daba las herramientas para navegarlo. Mar y ballena. Ballena y barco ballenero. Mar y capitán Ahab. Madre y padre. Cómo no amarla.

Así empaqué mis tres trapos, mis cajas de libros, mi librero que adoraba porque lo había hecho mi hermano, mi permiso materno para presentarme frente al mundo que me legitimaba más que un pasaporte diplomático, y me fui. Y no volví nunca más.

Y si todos los caminos llevan a la Roma que habitó Salvatore, también todos los caminos llevan a mi gran Ciudad de México, como dice Efraín Huerta. Yo seguía empeñada en alcanzar la tierra prometida.

Viví primero en la colonia Clavería, ahí empecé a correr todas las noches en el parque de la China. Para matar la ansiedad hay que involucrar al cuerpo. Fue entonces cuando comenzó mi vicio de corredora. Los corredores somos tercos, controladores, sufridores de resistencia. Pero es que correr de verdad es un ansiolítico poderosísimo. Y es gratis. Yo tenía desde entonces ataques de pánico que no sabía que eran ataques de pánico. Y correr me aliviaba, aunque fuera temporalmente.

No me canso de afirmar que existe un universo de personas con una imposibilidad fisiológica para la calma. Yo soy una de ellas.

Y es necesario nombrar a la ansiedad para que ese estribillo que cantan los "cálmate, no va a pasar nada" deje de repetirse porque es un sinsentido.

Porque el hecho es que sí ocurre algo, pero ocurre dentro. Una tormenta, el pánico, la locura, un tiroteo. Un león que te persigue, un abismo que se abre, la sensación de que estás sin estar, de que la realidad, por más palpable y presente que sea, para ti es brumosa, lejana, desenfocada.

Es demoledora la sensación de despersonalización, sentir que no te tienes a ti misma, a ti mismo. Yo experimenté eso incontables veces y no imaginaba algo peor a ese infierno que crece dentro.

Las primeras señales son siempre físicas: una temblorina en las manos, en el mentón, sudor repentino, dolor en el pecho. Aprender a dominar el terror de que estés teniendo un infarto y tratar de comprender, ¡comprender, qué hazaña!, con esa cabeza que parece que se va al abismo de la locura, que *sólo* se trata de un ataque de pánico.

Con esas señales físicas vienen los mensajes que te provocan odio a quien te los dice y también vergüenza, como si tuvieras que admitir que sí, que eres una imbécil porque no puedes relajarte. Relájate, cálmate, no te lo tomes tan en serio, tómate una chela, fúmate un porro. Y nada de eso ayuda cuando has dejado de dormir, has dejado de comer y todos los días experimentas diferentes síntomas y dolores que te hacen salir corriendo al hospital.

Relájate, cálmate, contrólate.

Cómo controlar lo que es más grande que tu psique y que tu cuerpo. La ansiedad es un monstruo que tiene la espeluznante cualidad de hacerse más grande que quien lo aloja.

No sabía qué me pasaba, sentía vergüenza, ganas de ser otra persona. No sabía que mi trastorno de ansiedad tenía nombre y que podía tratarse; yo enloquecía proyectando pensamientos catastróficos, sintiendo que me iba a dar un infarto, que se me deformaban las articulaciones, imaginando que la cabeza me dolía porque alojaba un tumor maligno: la piedra de la locura. Sufrí imaginando que me internaban en un psiquiátrico, pensando que si salía a la calle tendría un ataque de hiperventilación en plena acera, o en el Metro; pensando que no quería que llegara la noche con sus pesadillas catastróficas.

Y se fue poniendo peor.

Hay un punto en que la ansiedad inhibe el apetito, tragar y digerir lo que sea es imposible, así que empecé a perder peso y a pasar los días con una manzana en la panza o una mordida de chocolate, quizá un yogur pero no más; y eso derivó en crisis de hipoglucemia por la falta de alimento. La hipoglucemia se parece en los síntomas físicos al ataque de pánico: temblores, frío, adormecimiento de la lengua. Tuve días que entre el ataque de hipoglucemia y el ataque de pánico sentía que se me rompía el cuerpo, estaba tan agotada, tan nerviosa, aterrada, convencida de que en algún momento uno de los dos ataques se convertiría en un infarto al corazón y moriría sin remedio.

Entonces el transtorno de ansiedad desplegó su laberinto imposible: tenía miedo de tener miedo, miedo de que un ataque de pánico detonara uno de hipoglucemia o viceversa; al mismo tiempo empecé a desear que todo lo que me ocurría tuviera una explicación puramente física, una enfermedad en una parte del cuerpo concreta, que se tratara de un mal tradicional como la varicela o hasta el cáncer, cualquier cosa con tal de que le pusiera límites a lo que yo interpretaba como una locura desbordada.

No estás loca, tienes cáncer de colon. No estás loca, tienes el páncreas crecido o te falta un riñón. Yo qué sé. Cualquier cosa me parecía más aceptable que ese enemigo invisible pero inmenso que me consumía desde dentro.

En esa búsqueda de diagnóstico placebo, empecé a ir con un médico internista que era suegro de una amiga. Yo estaba empeñada en encontrar un diagnóstico preciso para mi corazón: que me dijeran que tenía una arteria tapada o una arritmia congénita, que la válvula tricúspide me andaba mal. Algo concreto, algo que se pudiera resolver con un marcapasos o un medicamento, con un cambio de dieta. Pues a ese médico internista me aferré para que me hiciera toda clase de diagnósticos; se portó tan comprensivo, tan paciente, me explicó tantas veces cómo funcionaban el cuerpo y la psique, la secreción de sustancias y cuanta cosa.

Y confié en él.

Yo era una muchacha muerta de angustia a mis veinte años, él tendría cincuenta y tantos. Hasta que una tarde me pidió que me acostara para retirarme unos nodos del pecho, me había hecho un estudio Holter que consiste en monitorear la actividad del corazón durante un día y una noche de actividades normales.

La intuición me avisó que algo andaba mal cuando empezó a tocarme. Pronto el aceite sirvió para que empezara a deslizar sus manos hacia mis senos y a acariciarme con intenciones sexuales, escuché cómo se excitaba, su respiración agitada y espesa. Yo sabía que tenía que levantarme. Lo sabía pero estaba paralizada, en un estado de animal acorralado por la ansiedad, por el miedo. Me costó unos minutos juntar el coraje para levantarme de la camilla y apartarlo. Me vestí entre lágrimas, sintiéndome traicionada, idiota, débil. Me fui de ahí sin contarle ni a mi amiga, que estaba por separarse de esa familia pues su relación con el hijo del doctor había terminado.

Cuando dejé de ir a su consultorio recibí varias llamadas suyas que no contesté.

Ahora que repaso el hecho vuelvo al asombro, sigo sin poder creer que lo permití, y me quedo pasmada ante la razón que me hizo guardar silencio: sentí vergüenza por haber sido tan confiada, tan tonta. La vergüenza congela, inmoviliza.

Se lo conté a mi amiga diez años después mientras desayunábamos en un restaurante. No podíamos creerlo, una tristeza inmensa se instaló entre nosotras en aquella mesa de brunch, la vergüenza era tan grande, que aun queriéndonos como nos queríamos, yo no me había atrevido a contarle.

Es el síndrome de la vergüenza, un pudor que se lo traga todo, una carga total sobre el sí mismo que te hace sentir decepcionada de ti, deficiente, inadecuada. No es como la culpa que suele asociarse con una acción concreta: "es mi culpa porque llevaba tal vestido, es mi culpa porque salí de noche". No, la vergüenza atenta contra algo informe pero inmenso: la conciencia distorsionada de ti misma. Tú eres la que tiene algo mal dentro, la que se vuelve un espíritu defectuoso, un ser indigno.

El doctor, que hoy en su perfil de Facebook informa que ha estudiado Medicina General en la Universidad Nacional Autónoma de México, se llama Federico Bonilla Marín.

Y en sus redes sociales se declara indignado por los casos de hostigamiento y abuso sexual desde las trincheras de los partidos políticos mexicanos. Hay ironías que firman el pacto patriarcal con una fineza intachable.

Luego de ese revés que yo sentí como el golpe final a mi confianza en que algo podía mejorar, la ansiedad se disparó. Empecé a pensar, por más que quería evitarlo, en suicidarme. Cada jornada de veinticuatro horas era un abismo. La piedra arrojada al centro del mar levantó otras ondas que reverberaron en las memorias de mi abuso infantil, en la pobreza, en la sensación de peligro constante cuando vivíamos con mi madre en cuartos de azotea sin puerta, en vecindades donde compartíamos pared con criminales armados, en terrores atávicos que podían terminar en la muerte de mi hermano Martín o el fuego que incendiaba a mi hermana mayor, para rematar con la ausencia de mi padre.

Y es que la ansiedad es atemporal, es omnipresente e infinita: aunque surja en el presente, trae una legión de demonios del pasado y proyecta otra legión de demonios hacia el futuro.

Empecé a huir de las ventanas en los pisos altos, a evitar los balcones, a no subir a los puentes urbanos, a pararme lo más lejos posible de las vías del andén en el Metro; en mi pecho se alojaba la pesada piedra del pánico y sentía que podía gravitar hacia cualquier superficie que me permitiera arrojar mi cuerpo para terminar con aquel infierno interior de un salto.

Pero luego tenía intervalos del alivio más insospechado: la tristeza.

Aprendí desde entonces que la ansiedad es la cara fea de la tristeza, que es mejor estar triste y llorar que sentirse ansiosa y desesperada. Los periodos de tristeza eran mejores, los decibeles internos bajaban a un grado tolerable que desahogaba con llanto.

Me pasaba entonces que cuando salía a la calle percibía el sufrimiento de otros como si tuviera un cableado especial que no dejaba de comunicarme nítidamente sus dolores, sus cicatrices, sus tristezas, y me quedaba durante horas con dolor en el pecho y en la cabeza, en distintas partes del cuerpo. En esa época empecé a evitar las multitudes: recibir de golpe la sensación de que todas esas almas atormentadas me hablaban era intolerable.

Aún me ocurre que establezco cierta sinestesia con las emociones intensas de otras personas. Y me habría convencido de que estoy histérica y chiflada de no ser por otro libro que ha venido en mi rescate. Los libros orientan la vela de mi barco ante cualquier mar desconocido. Esa hipersensibilidad que rayaba en lo físico cobró sentido cuando leí *La mujer temblorosa o la historia de mis nervios* de Siri Hustvedt, donde ella aborda y explica, científicamente, cómo funcionan las células espejo propiciando el fenómeno: "Yo parezco traducirlo todo a sentimientos y sensaciones corporales (…) hay una sinestesia llamada 'tacto-espejo', que se produce cuando alguien experimenta en su propio cuerpo sensaciones táctiles o de dolor sólo con observar a otra persona. Pero esta forma de sinestesia no fue descrita ni identificada hasta el año 2005. Mi madre solía decirme de niña que yo era demasiado sensible para este mundo. No lo decía como algo negativo, pero durante años atribuí mi hipersensibilidad a un defecto de carácter. Es verdad que desde que tengo memoria he sentido las cosas que les sucedían a las demás personas, desde un mal gesto a una crítica, un golpe o simples cambios de humor, *casi* como si me ocurrieran a mí. (…) Mi empatía es extrema y, para ser franca, hay veces que mis sentimientos alcanzan tal intensidad que necesito protegerme de una exposición excesiva a ciertos estímulos, si no acabo completamente tensa y con dolores en todo el cuerpo. Parece ser que esto es típico de la gente que tiene sinestesia de tacto-espejo".

De ese momento crítico del trastorno de ansiedad y los pensamientos suicidas me rescató una mujer. La empatía entre las mujeres es única, total, poderosamente reparadora. Fue Gloria Salazar, una amiga que bien podría haber sido mi madre, la que encendió una luz en medio de todo aquello sugiriéndome que fuera a terapia; me llevó con su terapeuta y esperó por mí mientras terminaba la primera, la segunda, la tercera sesión. Me contestó el teléfono cada madrugada que le llamé en medio de un ataque de pánico, me prestó dinero para comprar medicamentos, y, sobre todo, me repitió una y otra vez cuánto valor veía en mí, lo evidente que era para ella que yo sería capaz de reponerme. La confianza de Gloria en mí y la terapia empezaron a funcionar, las palabras con las que elaboraba mi historia una vez por semana en el consultorio de mi terapeuta vinieron a mi rescate; hablar, nombrar a los demonios, hacer el relato de lo que me pasaba me fue sanando de una manera tan efectiva y tan profunda que no exagero si afirmo que la terapia me salvó la vida.

Así, luego de muchos años de amasar el alma, conseguí que la ansiedad no me paralizara.

Pero si algo me permitieron esas visitas al infierno de los ataques de pánico, fue comprender y perdonar a mi madre. Cualquier cosa que ella haya hecho o dicho perseguida por el Leviatán de la ansiedad, la perdono y la entiendo. Entiendo sus ganas de morirse si atisbaba que con la muerte terminaría aquel tormento.

La ansiedad me hizo recorrer tantas veces aquel ciclo maldito que mi madre repetía: agredir y luego pedir perdón. Quienes viven cerca de una persona con un trastorno de ansiedad saben que a veces nos ganan los demonios; nuestros vínculos pueden transitar por una larga ruta de perdones y disculpas que vamos ofreciendo a los que amamos cada vez que se nos salen las voces del trastorno.

No sé si heredé la ansiedad o la aprendí, no tengo clara cuál es la diferencia. No sé si todas esas experiencias traumáticas que se implantaron en la amígdala cerebral me dejaron averiado el procesador para distinguir los peligros reales de los imaginarios, no sé si me falla la regulación de cortisol o si realmente mi cableado interior tiene los nodos pelados. Sólo sé que tengo un trastorno de ansiedad y que he aprendido a administrarlo.

Más de veinte años después puedo decir que mi alma ansiosa es también una aliada para la creatividad, para no estancarse, para no olvidar que estamos hechos de membrana humana, he aprendido a aceptarlo y he aprendido que, con la ansiedad, como quizá diría Quevedo, no queda sino batirnos —sabiendo que unas veces vas a ganar y muchas veces vas a perder.

Y con el miedo no queda más remedio que aliarse. Con el miedo no hay que entrar en guerra, sino en alianza, eso también se aprende con los años. Ahora sé que los ansiosos somos legión. Si camináramos por la calle mostrando nuestros dolores, carencias y temores esto sería un espectáculo de contrahechos, fracturados, tullidos y tuertos. Existe una cofradía de la ansiedad, ustedes y yo: insomnes, hiperactivos mentales, taquicárdicos de la sala de espera del consultorio médico, migrañosos de la oficina, flacos a mansalva y devoradores sin remedio, sabemos quiénes somos. Hay consuelo en reconocernos.

Así que allá, viviendo en el rumbo de Clavería, descubrí el primero de mis ansiolíticos: la carrera diaria. Le tuve mucho cariño a ese barrio, me enteré después que ahí había crecido José José y me gustaba saber eso, construir mi ruta exploratoria de la vida con datos curiosos de las colonias donde he vivido, que son muchas. Es lo que tiene eso de dejar el nido, vas rodando de acá para allá descubriendo que sí, que el mundo tiene de todo y sin medida.

Luego me mudé al sur profundo. Viví en Fuentes Brotantes y en la colonia Tlalcoligia; entonces trasladé mi vicio de corredora al bosque de Tlalpan, llegaba tempranísimo para que me diera tiempo de llegar a Ciudad Universitaria a la clase de 8 de la mañana. Aquello era la vida invadiéndome las células. Con todo y ataques de pánico.

Pero yo igual tenía una fantasía, encontrar a un novio universitario que tuviera un papá que me adorara. No me condenen. Extraños son los caminos del Señor y los de la orfandad lo son más aún. El fantasma del miembro amputado encuentra siempre la manera de hacerse presente, pica, da comezón, escuece.

Y a mí me dolía la amputación de mi padre.

De Tlalpan me mudé al Altillo, en esa zona me quedé algunos años y me enamoré de los Viveros de Coyoacán que me vieron sudar angustias y temores cuando ya había abandonado la universidad para dedicarme de lleno al trabajo pero me consumía la culpa, la sensación de fracaso.

Lamenté haber dejado la universidad durante algún tiempo, hasta que los años de trabajar en un montón de ámbitos e industrias me fueron dando perspectiva. Sobre todo cuando, haciendo entrevistas laborales para contratar especialistas, comprobé que la mayoría de quienes habían religiosamente terminado la universidad no espabilaban y lo ignoraban todo de todo. Comprobé que la academia es más ignorante que la vida, por mucho. Y ya puestos, que no hay mayor erudición que la que impone una pasión propia sin número de matrícula.

Así que, aunque tenía terror de toparme en el futuro a esos compañeros con sus licenciaturas o sus maestrías y encontrarlos sapientísimos frente a mi ignorancia de desertora, no fue así. En este país la educación oficial no es garantía de nada, y las universidades privadas son el robo más flagrante de cuantos existen. En mis dos décadas de carrera corporativa atestigüé que la inmensa mayoría de quienes se echaron encima una deuda de diez o más años para pagar una universidad privada, fueron timados y que, en muchos casos, sólo pagaron por obtener un certificado de especialidad estándar, de conocimientos sesgados y aceptación social.

Pero algunas enseñanzas sí me dejó la universidad: la más importante fue comprender que no quería ser actriz, sino escritora.

Me emocionaba hasta el delirio descubriendo la perfección de un verso isabelino o leyendo el monólogo de Lady Macbeth, y pensaba que más que desear interpretar aquellos personajes, lo que me ponía de veras era la posibilidad de escribir. A mí lo que me entusiasmaba eran los textos, no sus interpretaciones.

Una palabra detrás de la otra me llevaban de asombro en asombro.

Muy pronto me vi devorada por la curiosidad de descubrir autores, autoras. Lo que yo quería, de verdad, era leer abajo de un escenario, sin que nadie me viera, y escribir encerrada en una habitación. Sola. En silencio.

Mi naturaleza empataba bien con un oficio solitario, nunca tuve el nervio para estar frente a la gente en escena, ni siquiera para vivir acompañada demasiado tiempo sin sentir que me erosionaba por dentro. Todavía hoy siento que me perturbo sin una buena dosis de soledad diaria. Lo sé, también es neurosis. Pero, volviendo a José José: una no es lo que quiere, sino lo que puede ser.

Y yo no podía con la pantalla, yo quería estar detrás, en el artilugio que narra. Mirar en lo hondo, escribir sin testigos.

Escribir es un acto mucho más cercano al abismo que al proyector de luces.

Y elegí el abismo, hija de Hades seré.

Con una terquedad animal, desoí a cuantos me dijeron que no me metiera a escritora. Desde mi maestro Óscar de la Borbolla que me advertía que este oficio es cosa de andar en un vía crucis, hasta mis jefes de aquel empleo premium que ejercía en Polanco con toda la espiral de ese otro tártaro a mi disposición en los niveles del éxito. Pero de qué vas a vivir, pero quién te va a publicar, pero ya quisieran tantas personas un empleo de oficina como el que tienes tú.

Me hicieron dudar, lo confieso.

Pero por más azotes que me di a mí misma como recomienda Chéjov, mi necedad se impuso.

Yo sabía que además de quedarme sin dientes y sin ovarios corría el peligro de quedarme sin alma. Y no estaba dispuesta a pagar ese precio.

Así que desde la más absoluta ingenuidad (ahora me parece un cuento chino, pero no lo es), durante una semana me puse a navegar en las páginas web de las editoriales y a anotar los nombres y teléfonos de los directores para luego llamar como la más humilde operadora telefónica que quiere vender una tarjeta de crédito o un fondo de ahorro para el retiro, sólo que yo quería vender mis textos. Lo bueno del hambre es que te quita las dignidades superfluas.

Uno por uno iba tachando los nombres de quienes no me contestaban o de plano me colgaban en mitad de la llamada como si oyeran a un mosquito zumbón al otro lado del teléfono.

—Ahorita no, gracias.

Escuché durante años ese "Ahorita no, gracias" y supe que me urgía encontrar una fuente de ingresos, la alternativa era volver al pandemónium del empleo de oficina al que ya había renunciado o pedir una beca. Intenté solicitar la beca de creadores del Fondo Nacional para la Cultura y las Artes, pero la respuesta se repitió: Ahorita no, gracias.

Entonces pasé de intentar con las editoriales a intentar con los periódicos: Ahorita no, gracias. Lo mismo con las revistas.

No, gracias.

Empecé a sentir miedo, pero éste era un miedo distinto, un miedo que me reanimaba, que me llenaba de energía.

Pronto comprendí que el universo editorial y el de las becas también están llenos de prácticas opacas y envilecidas, la mafia humana leída y letrada.

Como no tenía una beca ni era egresada de una sofisticada escuela de escritores, tampoco portaba un apellido rutilante en el firmamento intelectual heredado de algún antepasado escritor ni tenía padrinos, ninguna puerta se abría. Yo no era más que una advenediza en el mundo literario, una oficinista con pretensiones de escritora como me dijo alguna vez un funcionario público que se dio por ofendido ante mi negativa a sostener una relación amorosa con él.

Ah, el mundo y su infinito arsenal de mierda machista.

No me quedó más remedio que volver a buscar empleo en aquellas oficinas de las que tanto había renegado, pero esta vez me aseguré de conseguir un trabajo de medio tiempo. Eso me permitía tener ingresos para subsistir y tener la mitad de la semana libre para escribir. Me acostumbré a una rutina demoledora: levantarme a las 5 de la mañana para escribir durante dos horas antes de salir corriendo a la oficina con mi cara de empleada satisfecha y escritora insatisfecha, cubrir ahí jornadas de seis horas y luego refugiarme en alguna cafetería del impío barrio de Polanco para escribir hasta las diez de la noche y regresar a mi casa cuando el tránsito de autos amainara. Diecisiete horas de trabajo al día durante años.

Soy mi propia explotadora laboral.

No me rendí en mi campaña de telemarketing literario, yo seguía llamando a una y otra editorial, alguna respondería o me daría una cita, aunque fuera por agotamiento: Sí, muy buenas tardes, soy una ingenua con aspiraciones a escritora que tiene un libro de cuentos para publicar y me gustaría mostrárselo. Tal vez sí pasé el límite de la dignidad. Ay.

Cómo me río ahora de mi propia comedia negra, la sátira de mí misma patrocinada por mi torpeza y mi implacable deseo de entrar al mundo de la literatura.

Pero un día sucedió, me dieron cita en una editorial para hablar con el mismísimo dueño y director editorial, así se presentó. Me alegré como si me hubiera sacado el premio mayor de la lotería.

Pobre. De. Mí.

No sabía lo que me esperaba.

Acudí a mi cita con mi original engargolado en dos copias, ilusionada como niña en juguetería. Debí dudar de todo: del lugar donde estaba la supuesta editorial, del ambiente oscuro que se respiraba, de la cara de canalla macerado en años de arruinar gente que mostraba el director; debí dudar, sobre todo, de que con apenas echar una ojeada entre las páginas de mi engargolado, me dijera que sin duda me publicarían.

Eres una joven escritora y el mercado necesita eso, voces frescas; qué te parece si hacemos un primer tiro de dos mil ejemplares para ver cómo nos va.

Yo vislumbraba el cielo, ¡dos mil ejemplares de mi libro de cuentos!, no podía creerlo.

Me fui involucrando en el proceso y recibiendo cada vez más señales de alerta de que aquello no estaba bien pero no hay peor ciego que el que está cegado por su pasión.

Como no queriendo, el director me fue soltando las condiciones del contrato. Yo tenía que diseñar la portada, yo tenía que pagar la presentación, yo tenía que conseguir un lugar para hacer el evento, luego redujo el tiraje a mil ejemplares arguyendo que usarían un papel muy fino y de un gramaje especial que lo hacía más costoso, pero ganábamos calidad por cantidad.

Un desesperante y obvio etcétera, etcétera para cualquiera que observara la situación desde fuera.

Jamás me cruzó por la cabeza pedir un anticipo, preguntar cómo sería el pago de las regalías, pues aunque venía en el contrato que me correspondía el 10% por cada pieza vendida, no decía cómo harían efectivo el pago, ni cuándo. A pesar de todo y sin pedir el menor consejo, firmé el contrato.

Publicamos el libro cuya portada conseguí que diseñaran entre un amigo fotógrafo y una amiga escenógrafa, llegó el día de la presentación financiada por mí, con asistentes invitados por mí y presentadores invitados por mí.

Pero habría sido capaz de ser la novia y el novio, o la muerta y los deudos con tal de que el evento sucediera: estaba publicando mi primer libro.

Para quienes escriben será fácil comprender esa emoción desconocida, ese vértigo. Quienes no escriben deben saber que publicar un primer libro es como volver a nacer, no exagero. Como volver a nacer desnuda en un ataque de hipoxia y luego de llanto.

Poco a poco recuperé el aliento, y con distancia pude comprender que mi contrato editorial y el trato que me daban eran tremendamente abusivos.

Entonces me dio por investigar quién era el director editorial y descubrí que había estado sentenciado por el delito de piratería al poner en circulación un texto de una autora aun cuando ella alegaba que no había consentido la publicación. Por ese motivo el hombre había pasado cerca de un año en la cárcel.

Todo cobró sentido, la sensación de que la editorial era un barco que se hundía y la latente desconfianza y casi secrecía con la que se manejaba todo tenían una clara razón.

Me atreví a preguntar por el pago de mis regalías, no obtuve respuesta ni entonces ni un año después, ni dos, ni tres, ni cinco. Ni ahora, ni nunca.

Han pasado once años desde aquello y de lo que más me acuerdo — y aquí voy otra vez — es del piquete acidulado que sentí cuando la organizadora de la presentación me preguntó si dejaba los dos primeros asientos en el salón para mis papás.

No, mis papás en plural no, papá no tenía.

Para mi mamá sí, y para mis hermanos.

Esa primera publicación me arrojaba al centro de la obsesión de mi carencia, como todo lo que me ocurría.

Mira que tener una madre generosa que me regalaba la libertad para dejar ese pueblo siciliano sin mirar atrás, pero elegir aferrarme al dolor por la ausencia del padre.

Soy el personaje cansino de la tragedia de carácter, el de la comedia del vicio exacerbado, el de la farsa con el defecto crecido, convertido en sátira.

Prometeo encadenado.

Las preciosas ridículas.

El avaro.

Yo no tenía una nariz gigante ni una abultada joroba, tampoco una ambición desmedida o una vanidad desbordante. Yo tenía un duelo malformado por mi padre.

La doliente ridícula.

XIII. Vamos a la frutería

Así que ustedes son los hijos de mi tío Porfirio, volvió a repetir el chamaco que tenía una soltura deslumbrante. Se movía y hablaba como un adulto, entendió a cabalidad de qué iba la cosa, no pidió explicaciones porque respondió al llamado de la sangre. Una alegría genuina le brillaba en el rostro, éramos sus tíos, sobrinos de su abuelo Pedro.

Con increíble delicadeza de espíritu nos fue hablando de mi padre.

Dicen que mi tío Porfirio ya se anda portando bien, que ya no bebe, que lleva varios meses sobrio. Omitió los detalles sórdidos que evidentemente conocía sobre el alcoholismo de mi padre y se concentró en compartir la parte buena. Mi tío trabaja en una frutería que está allá arriba en el mercado, yo los llevo.

De pronto teníamos a nuestro Virgilio, él nos guiaría en lo que creímos que sería la última parada de aquel recorrido. Se subió a la camioneta y su compañía cambió por completo la forma en que la gente nos miraba: ya no nos rehuían, vimos inclinaciones de sombrero y algunas sonrisas. Inconcebible. Ese niño de doce años nos protegía.

Cuando faltaba poco para llegar al mercado, mi hermano que conducía sintió un mareo, tuvimos que parar en la carretera; dijo que sólo era un cambio de presión, pero se veía pálido. Esperamos un rato, no pasaba, él insistía en que era la presión del oído y que pronto estaría bien, pero igual decidimos que me pusiera yo al volante.

Manejé proyectándome toda clase de fantasías catastróficas, sintiendo la blusa pegada al cuerpo por el sudor. Oliendo a miedo, por poco chocamos.

Sentí que los dioses venían a socorrerme cuando por fin estacionamos para caminar hasta la frutería donde encontraríamos a mi padre.

Así llegamos al mercado, aquello era como estar en el coro de una ópera bufa. Andar entre puestos de carne, pescado blanco, pescado frito, chiles rellenos, pollo, verduras… ese olor como del mercado de La Merced pero más fresco.

En fila india, mi sobrino Carlos René iba de puntero, lo seguía yo, luego mi hermano mayor, atrás mi madre y mis otros dos hermanos.

Ahí íbamos, andando entre rumores y colores de mercado, buscando a mi padre.

De nuevo reparé en la abundancia de comida.

Los olores de los alimentos me molestaban, sentí naúseas, me dolía la panza, y no por los mariscos que apenas había comido, sino porque creí que estábamos a punto de encontrarlo.

Llegamos, por fin, a la frutería "Gaby" que era donde mi padre trabajaba. La mujer que atendía estaba ocupada, había mucha gente porque era 20 de diciembre, previo a las navidades, que si algo significan en este país son tremendas comilonas. Carlos preguntó por mi papá y ella le señaló con la cabeza el interior del local.

Era enorme, un pasillo conducía a una especie de almacén amplísimo —demasiado grande para una frutería de pueblo— donde probablemente estaría mi padre cargando o acomodando cajas.

Contuve el aire.

El corazón cantando su ópera bufa resonaba en mi cabeza: aguacate, cebolla, jitomate, pescado blanco, pescado frito, papá.

114

Qué le voy a decir. Qué nos vamos a decir. Por qué no me quedé hasta atrás para que hablara primero alguno de mis hermanos, a mí ni siquiera me conoce. A ver si mi mamá no le suelta un bofetón apenas lo vea. Cómo nos vamos a presentar. Qué le vamos a decir.

Aguacate, cebolla, jitomate, pescado blanco, pescado frito, papá.

Sentía la nuca húmeda por el sudor.

Llegamos al fondo del pasillo, luego abrimos la puerta del almacén. No estaba.

Y nadie sabía dónde se había metido. Nadie lo había visto. Otros trabajadores trajinaban cargando cajas de todos tamaños, pacas de cilantro, guacales con naranjas. Ninguno supo decirnos nada, apenas mascullaban monosílabos entre dientes. Era desesperante. Un artilleo de medias palabras. Ey, no, júm, eh, ah, sepa.

Como si hubiera tragado todo lo que había en la marisquería y el mercado, sentía regurgitar en mi interior líquidos extraños. Respiré, me contuve.

No te escondas, papá, no jodas, ya hicimos el viaje hasta acá.

Salimos del local y entonces nuestro Virgilio se acercó a hablar con la mujer que atendía a los clientes. No escuché qué le dijo pero, por primera vez, ella levantó la cara y nos miró.

Que a la mejor está en su casa, sí vino pero hoy se fue temprano.

Le preguntamos a Carlos René si sabría llegar a la casa de mi padre y dijo que sí. Volvimos a subir a la camioneta, cerramos las puertas. La ópera bufa del mercado se quedó cantando allá afuera, burlándose de mí. A que no lo encuentras.

No te escondas, papá.

Mientras volvíamos a la camioneta alcancé a ver a un muchachito que se robaba unas mandarinas echándolas al bolsillo de su pantalón discretamente. Lo miré y me miró, no dije nada, desde luego; no tuve la menor intención de advertir a la dueña de la frutería.

Robar no está bien, pero tener hambre tampoco.

La cantidad de libros que yo robé cuando tenía diecisiete y dieciocho años fue importante. No me queda ninguno, por desgracia, porque robaba siempre para un grupo de amigas y los libros pasaban de mano en mano hasta que terminaban por desaparecer en el limbo del colectivo.

No me arrepiento, a veces no tenía dinero ni para pagar el boleto del Metro, cómo iba a tener dinero para comprar los libros que pedían en el bachillerato. Así que me hice de una técnica efectiva.

Entrábamos tres o cuatro amigas a la tienda de Sanborns, era más fácil robar ahí por los muchos pasillos y tipos de productos que venden.

Yo usaba por entonces una chamarra negra que era de uno de mis hermanos mayores y me quedaba inmensa, tenía unos bolsillos interiores bastante amplios y básicamente con esa chamarra me convertí en mula de libros.

Qué puedo decir.

A mis amigas y a mí nos gustaba leer, así que tomábamos el riesgo, yo más que ninguna, pues si nos descubrían era a mí a quien podían detener con la pieza robada.

Lo cierto es que cada uno de esos ejemplares tuvo un retorno de inversión altísimo versus el riesgo de robarlo porque lo leíamos con fruición cuatro o cinco personas. Valía la pena, y la gloria.

Entrábamos juntas a la tienda, previa visita de scouting que me permitía ubicar exactamente dónde estaba el libro que queríamos. Recorríamos los pasillos haciendo escándalo de adolescentes: risas, bromas, canciones insulsas que coréabamos sin pudor.

Cuando yo tenía el libro oculto en la chamarra, mis amigas distraían al encargado de la caja pagando un paquete de chicles y al policía haciendo preguntas sobre cómo llegar a tal o cuál lugar, dónde quedaba la estación del Metro, si sabía dónde había un cajero automático de determinado banco; entonces yo fingía un ataque de tos alarmante, con carraspeos insolentes que anunciaban una desagradable e inmunda expectoración hasta que lograba que todos en la tienda voltearan a verme con cara de lárgate de aquí.

Y me largaba.

Afuera seguía tosiendo sin parar hasta llegar a la esquina y dar la vuelta, luego de unos minutos me alcanzaban mis cómplices y tan contentas nos asignábamos turnos para leer el libro si lo habíamos robado por puro placer literario o para sacarle fotocopias para todas si teníamos que entregar una tarea en una fecha específica.

Como dice Roberto Bolaño, lo peor que puede pasar si te robas un libro es que termines leyéndolo.

El mejor libro que robé entonces fue un ejemplar de las obras completas de Federico García Lorca en una edición de Aguilar. Lo robé porque estaba inscrita en el taller de teatro de la escuela y se anunciaba que montarían *La casa de Bernarda Alba*. Las audiciones estaban abiertas para quienes quisiéramos participar en el montaje.

No lo dudé.

Por ese libro me arriesgué sola y en una librería de viejo por los rumbos del centro, desde luego Sanborns no contaría con semejante joya en su inventario.

Era tan pesado que me jalaba notoriamente la chamarra del lado donde lo había escondido, pero corrí con tan buena suerte que, justo cuando me acercaba a la puerta, un tropel de estudiantes gritones y apestosos a hormonas entraron y yo pude salir sin ser notada en medio de aquel ruidero.

De vez en cuando Fortuna favorece a los lectores.

Me aprendí el papel de Bernarda, claro que sí, por qué iba yo a aspirar a otra cosa que no fuera el personaje principal, para eso tenía dieciocho años y una soberbia estúpida y digna de aquella edad. Descubrir a Lorca fue un antes y después en mi existencia, el libro que había robado me permitió no sólo leer *La casa de Bernarda Alba* sino también *Bodas de sangre*, *Mariana Pineda* y luego la poesía completa.

Cuando me topé con los poemas y la caligrafía finísima de Lorca supe que estaba perdida de amor por todo aquello y también perdida para la asignatura de Matemáticas porque tuve que presentar examen extraordinario de trigonometría analítica, que era la materia infame en turno y de la que no entendía nada de nada.

Tampoco ayudaba que teníamos un profesor al que apodábamos el General y que aparentaba tener ciento dieciocho años o más. Era muy difícil entender lo que decía seseando por la dentadura postiza.

Mientras él describía parábolas y elipses que salían de unas operaciones misteriosas, yo abría mi Lorca y leía a placer una página tras otra.

Memoricé los diálogos de *Bernarda Alba* y también las fórmulas para hallar la directriz, el vértice y el foco en la parábola. Pero no entendí ni jota.

De Bernarda Alba, en cambio, entendí todo y me regodeé con cada personaje, con cada línea, con cada palabra nueva que aprendí.

Llegó el día del examen extraordinario de trigonometría analítica. Por alguna razón el General se apiadó de mí y mi calificación fue aprobatoria. Vine a entender la geometría del espacio muchos años después cuando me interesó leer a Descartes como filósofo. Por ahí hubiéramos empezado.

Llegaron las audiciones para *La casa de Bernarda Alba* y me quedé con el personaje de Bernarda. Sí, señora.

Bernarda (*golpeando el suelo*): No os hagáis ilusiones de que vais a poder conmigo. ¡Hasta que salga de esta casa con los pies por delante mandaré en lo mío y en lo vuestro!

Para mi desconsuelo, cuando iban a comenzar los ensayos el maestro de teatro tuvo un problema personal y se vio obligado a dejar la escuela durante un semestre. Luego supimos que su problema personal se llamaba divorcio. Supongo que era una de esas separaciones que ameritan una incapacidad laboral, cómo negar que divorciarse puede ser una enfermedad inhabilitante.

Luego terminó el ciclo y yo cambié de escuela a una donde estudiaría Relaciones Comerciales y donde no conocían a Lorca ni por asomo. Ahí hacían concursos de oratoria donde solía ganar el alumno o alumna que echara la mejor arenga política de corte revoltoso y estudiantil. No era lo mío.

Aquel libro de Lorca lo perdí en un aeropuerto muchos años después. Fue mi castigo por idiota, no por ladrona.

¿A quién se le ocurre llevar a un viaje un ejemplar de dos mil páginas?

Lo recuperé comprando un ejemplar nuevo, y esta vez pagué cada centavo de su valor como lo he pagado de cada uno de los libros que tengo.

No sólo prescribieron mis delitos por los libros robados, sino que prescribió la insensatez que me hacía robar. Para ser honesta, no sé si me alegro.

No estoy llamando a nadie a delinquir, serenidad.

Pero quienes pueden contar dos veces veinte en los años de su vida saben que la nostalgia llega cuando reconoces cuánto te has suavizado. No hay ímpetus que el tiempo no aplaque, eso, más el dolor de huesos y el metabolismo lento. A quién queremos engañar.

Así que ahora cada libro de mi biblioteca es un libro pagado, facturado y decentísimo. De Lorca tengo ya un montón de ediciones que he ido comprando con el paso del tiempo. Pero extraño aquellos ejemplares conseguidos a punta de taquicardia, aquellos ejemplares que eran cuerpos de delito y compañeros de transgresión. Ya no robo libros nunca, es una pena.

Dejaría en este libro
toda mi alma.
Este libro que ha visto
conmigo los paisajes
y vivido horas santas.

¡Qué pena de los libros
que nos llenan las manos
de rosas y de estrellas
y lentamente pasan!

—Federico García Lorca

XIV. Y muy tarde comprendí

De toda la música que escuché en mi infancia, las canciones de Juan Gabriel son las que más y mejor podrían relatar el soundtrack de mi familia.

Mis hermanos y yo nos las sabíamos a la perfección y no había día que nos perdiéramos *La hora de Juan Gabriel* en la radio, estábamos convencidos de que teníamos que ser parientes, él había nacido en Michoacán y en su familia eran diez hermanos, además había quedado huérfano de padre desde muy pequeño e incluso había estado en un internado para niños menesterosos; nos venían de maravilla las coincidencias para sentir que, si no nos unían lazos de sangre, al menos formábamos parte de la misma estirpe de dolientes del origen.

El hecho es que podíamos sostener largas peleas o conversaciones intercalando frases de las canciones del divo: si mi hermana Paz se ponía mi ropa y con ello provocaba mi furia, yo manifestaba mi ira dejándole de hablar, pero entonces ella se paseaba junto a mí cantando "Si estás pensando que sufriendo estoy, te has engañado, no sabes quién soy" e irremediablemente me ponía a cantar con ella olvidando la ofensa. Si alguien se quedaba dormido y no se levantaba a tiempo para ir a la escuela, saltábamos sobre la cama cantando tan fuerte como pudiéramos "Buenos días, alegría, buenos días al amor, buenos días a la vida, buenos días, señor Sol". Si hacíamos juegos de mesa entonces recurríamos a "Ya lo ves, corazón, cómo pierdes, ya lo ves, corazón, que conmigo no puedes".

Era un código inagotable y divertidísimo, una manera de hablar entre nosotros que lo decía todo, las canciones de Juan Gabriel constituían un segundo lenguaje, a tal grado que una de esas vacaciones de verano en que mi madre nos mandaba a las cuatro hijas a pasar dos meses en casa de la abuela —dragón de fuego si dañabas alguno de sus objetos— tuve el mal tino de romper una olla de barro que ella valoraba como si se tratara de una vasija faraónica exhibida en el Louvre. Recién había ocurrido el cataclismo de la olla rota, mi abuela regresó de sus misteriosas diligencias en la calle, abrió la reja de metal del jardín de su casa y, antes de que entrara, mis hermanas que habían atestiguado todo empezaron a cantar a voz en cuello una canción de Juan Gabriel que para mí fue como recibir un instructivo detallado y el disparo de salida para actuar.

Déjame, cuando quieras, déjame,
qué me importa si te vas.
Déjame, cuando quieras, déjame.
déjame, cuando quieras,
¡hazlo ya!

Eso quería decir que saliera corriendo, que saliera ya. Y escapé a toda velocidad dando zancadas por la parte de atrás de la casa que desembocaba en una huerta y un barranco. Si mis hermanas me habían dicho que huyera, para mí estaba claro que ellas se harían cargo del desastre. Me quedé largo rato en la huerta, comiendo los duraznos que se caían de los árboles, pero pronto empecé a sentir frío y miedo, tendría unos nueve años y una imaginación desbordada que me hacía ver toda clase de seres extraños entre las sombras de los árboles. Con todo, me daba más miedo regresar a enfrentar a la abuela dragón que quedarme ahí a merced de mis elucubraciones.

De repente, vi cómo salía volando la olla rota y caía más o menos cerca de mí. Entonces el código de guerra cantó:

Esta noche voy a verla
y a decirle que la quiero

y que ya estoy convencido
que es amor el que yo siento.
Esta noche voy a verla
y a decirle que la quiero
que no puedo más.

Que podía volver, que en la noche resolveríamos qué hacer con la olla rota. Volví con cara y silencio de ángel caído, me senté a comer junto a mi abuela y mis hermanas que apenas contenían la risa.

Desde luego mi abuela nos descubrió, pero dos o tres días después del embrollo y cuando la olla estaba bien enterrada del otro lado del barranco: nunca supo exactamente de quién había sido la culpa. Libré la paliza que me habría tocado gracias al código Juan Gabriel.

Así que cuando él murió, en agosto del año 2016, para mi familia fue un duelo personalísimo, no dábamos crédito. Y yo, cómo evitarlo, sentí que se me moría un padre simbólico y bizarro.

Pero además, durante esos días me pareció contemplar en primer plano el relato de la orfandad que ha dado forma al carácter de este país.

Estábamos cantando, todos juntos y como en un coro griego, la ausencia de padre.

Había muerto Juan Gabriel, ¡nuestro Juan Gabriel! y venía Donald Trump en una visita oficial insultante y no había padre que nos defendiera, el impresentable de Enrique Peña Nieto ocupaba entonces la silla presidencial.

Y yo veía la carencia doliendo en el colectivo. La pobre representación del padre en la figura del presidente de un país, la orfandad a flor de piel y la constatación de que no hay figura paterna en nuestro mito identitario.

Lo que ocurrió en esas fechas es cierto, cualquiera puede comprobarlo navegando en la red para repasar los eventos, pero sé que en realidad me ocurrió sólo a mí. Éste es el inconsciente narrativo que siempre sorprende:

el punto de vista elegido. Y de eso, del punto de vista, está hecha la novela familiar de cada uno.

Volviendo al código Juan Gabriel y sus revelaciones, en la reunión que hicimos mis hermanos y yo para llorar su muerte cantando mi madre dijo que quitáramos eso, que ya íbamos a empezar, que si no teníamos otra cosa que oír.

Tanto machacar con el rechazo a sus canciones me hizo preguntarle por qué. Porque no me gusta, porque me pone triste, porque me acuerdo de cuando tu hermana se quemó.

No volví a indagar.

Esa respuesta quería decir que el tema estaba cerrado.

Siempre supuse que en el accidente de mi hermana había un misterio que develar para entender completa la historia de mis padres. Y tuve razón, cuando volvimos de aquel viaje en diciembre, mi madre me dijo que hubo un Porfirio distinto antes de que la niña se quemara.

Los hijos no duelen, los hijos queman, me había dicho alguna vez. Al regreso de ese recorrido michoacano entendería por primera vez exactamente lo que eso quería decir, entendería que no hablaba sólo de ella, sino también de mi papá.

Así que, para decirlo en código Juan Gabriel, muy tarde comprendí exactamente el significado de aquellas palabras.

Pienso ahora que también los padres queman, que la misma sangre arde con el mismo fuego.

Y aunque tengo muy tranquila mi conciencia, sé que pude haber yo hecho más por ti.

XV. El peso de las mariposas blancas

El interior de la camioneta rezumaba todas las emociones posibles: euforia, enojo, miedo, cinismo. Hacíamos bromas insolentes, nos reíamos y luego caímos en densos silencios; el sol doraba los perímetros como sólo lo hace el sol de invierno a las tres de la tarde.

Nuestro Virgilio supo llegar a la casa que nos habían dicho era la nueva vivienda de mi padre.

Era una casa diminuta y frágil a la orilla de la carretera. Estacionamos afuera y bajamos con nuestro cargamento de emociones desbordadas.

A diferencia de todos los demás lugares donde habíamos parado, aquí nadie se acercó. Parecía un lugar casi abandonado, la única casa visible era ésa, no había otras alrededor, ni vecinos, ni halcones. Nada.

Antes de que llamáramos a la puerta, salió un señor de unos setenta años y justo detrás de él apareció su mujer. Una señora de la misma edad. O no sé, la pobreza es un acelerador de la oxidación celular. Las mujeres en el campo tienen la piel ajada, pierden los dientes desde los treinta años y no pueden ir al dentista por una prótesis; sus cuerpos se descalcifican con cada embarazo. De pronto me pareció que todos, desde Carlos René hasta esa pareja pasando por mi madre y por mí, podríamos tener la misma edad. Daban más o menos igual los años vividos en ese lugar que parecía tener otras reglas.

—Te dije que tendríamos visitas.

—Ey, ayer hubo mariposas blancas.

—Sí, pues, eso me dijiste.

Aquel diálogo de la pareja parecía sacado de una novela de Elena Garro o de García Márquez, se entretuvieron un rato comentando entre ellos, como si la mujer hubiera ganado a su marido una apuesta hecha la tarde anterior. Nosotros los mirábamos pasmados.

Entonces el hombre se presentó.

—Me llamo Alejandro, ¿ustedes son los hijos de Porfirio?

No sé cómo es que lo sabía, pero lo sabía.

No habíamos dicho aún quiénes éramos ni a qué íbamos, pero él lo sabía.

—Ayer mi mujer dijo que hoy tendríamos visitas porque todo el día estuvieron volando aquí mero las mariposas blancas, tenía razón.

Dice el *Diccionario de los símbolos* de Jean Chevalier y Alain Gheerbrant que "las mariposas son espíritus viajeros; su visión anuncia una visita, o la muerte de alguien próximo".

La mujer había previsto nuestra visita; yo, la muerte de mi padre.

Sentí como si un prisma de colores me atravesara la columna. No dije mucho, esta vez uno de mis hermanos habló con los dueños de la casa.

Así nos enteramos de que mi padre había vivido ahí hasta hacía dos semanas pero recién se había ido. Carajo. Dos semanas antes lo habríamos encontrado en esa misma casa, exhalé de frustración.

Impotencia. Pasaba el día y cada parada era una negación tras otra. Un subidón de azúcar y palpitaciones, luego nada, las manos frías, el cansancio.

Don Alejandro no sabía exactamente a dónde se había mudado mi padre pero estaba seguro de que en la frutería podrían decirnos algo; dijo también que tenía el número de teléfono de mi papá, mi hermano lo tecleó y marcó pero la llamada mandó al buzón de inmediato.

No estábamos convencidos pero no quedaba otra opción que volver a la frutería, quizá pudieran decirnos algo más del paradero de mi padre si esa misma mañana había estado ahí, trabajando.

Era exasperante que se nos escapara su presencia tibia en cuestión de días, en cuestión de horas. No podía ser que no diéramos con él, aquel viaje tenía un único propósito y era encontrarlo. Empecé a desesperarme, a imaginar que quizá no nos tocaba verlo y a temer, en secreto, que lo encontráramos muerto. La vida tiene un sentido del humor engranado con un reloj de precisión inequívoco, bien podía suceder que el encuentro sucediera justamente el día de su muerte.

Lo de las mariposas blancas me inquietaba, tal vez eso quería decirnos algo, pero a esas alturas ya dudaba de mi cordura por completo. ¿Y cuánto podían pesar en esta historia unas mariposas?

Tal vez sólo era una neurótica aferrada a una mente infantil que se empeña en darle sentido mágico al evento más ordinario.

Quizá la loca era yo y no mi padre, una loca como un personaje de Tennessee Williams que se encomendaba a amuletos hechos de imágenes y palabras con tal de no mirar la realidad sin florituras ridículas.

Sigue el *Diccionario de los símbolos* de Chevalier y Gheerbrant elaborando sobre la interpretación simbólica: "Entre los aztecas, la mariposa es un símbolo del alma, o del aliento vital, que escapa de la boca del agonizante. Una creencia popular de la antigüedad grecorromana da al alma que sale del cuerpo de los muertos la forma de una mariposa. Sobre los frescos de Pompeya, Psique se representa como una niña alada, semejante a una mariposa. Esta creencia se halla también entre ciertas poblaciones turcas del Asia central, que han sufrido influencia irania y para quienes los difuntos pueden aparecer en forma de mariposa nocturna".

Subimos de nuevo a la camioneta, yo marqué un par de veces más al número de teléfono que nos dieron pero nada, directo al buzón de voz. Mi padre seguía ilocalizable, fuera del área de servicio como los últimos treinta años.

Y las mariposas volaban alrededor.

XVI. Por qué tan solita

Perdí la cuenta de las veces que escuché a maestros, maestras, empleadoras, metiches e imbéciles no invitados a dar su opinión decirle a mi madre que haber tenido tantos hijos era motivo de vergüenza.

Desde la broma de pésimo gusto "en su casa no había televisión" pasando por "¿y piensa poner un equipo de fútbol?" hasta "¿no le da vergüenza? Yo rabiaba cada vez que lo escuchaba, y también mi madre.

¿Cómo se atrevían a decirle a alguien que se dejaba la piel para sacarnos adelante que debía sentirse avergonzada de sus hijos?

En *Apegos feroces,* Vivian Gornick relata cómo la construcción de su identidad femenina se tensaba entre la seriedad de su madre y la seducción de su vecina Nettie. Ambas mujeres eran viudas, no tenían un marido que marcara el territorio, que entrara todos los días por la puerta de la casa, que fuera como uno de esos letreros de bienvenida que dicen "este hogar está completo". Su madre y su vecina se convirtieron en dos modelos de mujer sola entre los que ella podía observar y elegir.

Cuando leí *Apegos feroces* resentí aquello que tantas veces pensé de niña: todos los juicios recaen sobre el vínculo con la madre, sobre los patrones de conducta que ella promueve, sobre la profunda huella emocional que la madre deja.

Es desconcertante la exigencia con la que se juzga a las madres que crían a sus hijos solas: "no le pone límites, todo le consiente, no lo puede controlar..." o "es muy dura, nunca se relaja, pobre niño va a quedar traumado". Yo pensé más de una vez que mi madre estaba obligada a ser Rambo y la mamá de Bambi al mismo tiempo.

Mi madre tuvo periodos de severidad, en que imponía límites de forma brutal, sobre todo con mis hermanos, decía que los niños varones que crecen sin padre siempre son una bomba de tiempo.

¿Cómo haces para criar sola a cuatro hombres sin rendirte? Creo que vivía temerosa de que la violencia que ofrece tantas alternativas sedujera a alguno de mis hermanos. Así que lo intentó todo: hablar con ellos, perseguirlos, mandar a alguno a terapia, soltar golpes sin piedad cuando la desesperación ganaba.

Y luego estábamos las hijas. Otra batalla.

¿Y si alguna se enamoraba de un modelo como aquel que llevaba la pistola fajada entre el cinturón y la espalda en la vecindad de Santa María la Ribera?, ¿y si al cumplir los trece años alguien abusaba de cualquiera de nosotras y nos dejaba embarazadas?

Así que mi madre iba de una estrategia a la otra, de una forma de vincularse a la otra; de la señora seria inquebrantable a —pocas veces— la mujer seductora. Entonces se llegaba a la única conclusión posible: la señora estaba loca como se califica de locas a todas las mujeres comidas por la desesperación.

Emocionales y locas.

Crecí escuchando aquel estribillo "¿por qué tan solitas?" que invariablemente llegaba cuando andaba por ahí con mis hermanas y con mi madre. Porque dos o más mujeres juntas no estamos acompañadas, estamos solas. Es sobrecogedor comprender lo diferenciada que está la valía de una mujer con hombre en comparación con una mujer sola.

Así que mi madre, si nos reprendía, era admirable; si nos malcriaba, era pésima formando a sus hijos; si rechazaba a los hombres que se le tiraban encima en las casas donde trabajaba haciendo limpieza, era una malagradecida; si respondía al coqueteo de alguno que a ella también le gustara, era una puta.

Es para enloquecer a cualquiera. Y la diferencia entre ese bombardeo y una relativa calma, era si tenía o no un hombre a su lado. Si estaba o no con su esposo, si era o no una señora casada.

Cuando me fui de casa experimenté por mí misma el ataque a la identidad de una mujer sola. Viví siempre con amigas como compañeras de departamento y el eterno, aburrido, pero peligroso coro se repetía: ¿por qué tan solitas?

Por qué tan sola, me decía el plomero que venía a arreglar un desperfecto de la casa. Por qué tan sola, el técnico que venía a instalar el internet. Por qué tan sola en los aeropuertos, en los vuelos, en el cine, en el súper.

Por qué tan sola, llegué a pensar yo misma infinitas veces en salas de juntas donde estaba rodeada de hombres. Ellos, todos ellos. Y yo sola.

Ésta debe ser la circunstancia de muchas mujeres que insistimos en cruzar el territorio que no nos corresponde. Recuerdo una tarde que, cuando por fin había renunciado a la vida de oficina para dedicarme a escribir, me vi implicada en un montón de trámites para cancelar cuentas bancarias, modificar condiciones en la línea telefónica, renovar el pasaporte, firmar hojas blancas, verdes y rosas donde se asentaba que renunciaba voluntariamente a todos los beneficios que la empresa me daba.

Ese día de los interminables trámites, cansada de caminar por avenida Reforma con un sofocante calor de asfalto, busqué la sombra en el primer lugar que vi abierto, era un bar familiar; serían las tres y media de la tarde, me senté a la barra y pedí una copa de vino blanco malísimo que no bebí.

Me puse a leer un rato mientras llegaba la hora de presentarme a otro papeleo en unas oficinas de gobierno que estaban por el rumbo. Cuando entré al lugar estaba vacío. Cuando levanté la cara para pedir una botella de agua ya había tres hombres rondándome y ofreciéndose a acompañarme. Por qué tan solita, pensé de inmediato.

Sola en el bar cuya entrada rezaba "Bar cantina familiar".

Sola renunciando a la seguridad de un empleo de oficina. Sola sin marido. Sola sin hijos. Sola eligiéndote a ti misma. Sola rechazando un anillo de compromiso. Tenía sentido que en ese bar-cantina-familiar me llegara el mensaje nodal: elige ser esposa de éste y madre de aquél, elige el modelo familia, no seas rara.

Rara, anormal, perturbada, histérica. La cordura es elegir a un hombre, el que sea; la insensatez más incomprendida es elegirte a ti misma.

Y mi madre sola. Y siempre culpable. La maldición que fue su hermosura, porque en su juventud fue una mujer muy bella. Las veces que la vimos ponerse nerviosa y rechazar a los hombres que lo intentaban y tantas otras zafarse y huir corriendo de los tipos que se le dejaban ir encima. Porque estaba sola, esa condición era el permiso que legitimaba la violencia.

De modo que cuando en el bar uno de los interesados se atrevió a hablarme, justo ese momento como tantos otros que ya había aprendido a reconocer, anhelé tener un padre.

Un papá que llegara a reunirse conmigo en el bar, que fuera a buscarme al aeropuerto; que me ayudara a cambiar los documentos del automóvil que ahora sería mío y no de la empresa.

Esos pensamientos infantiles, inadecuados para una mujer adulta, se habían enquistado en mí hacía demasiado tiempo. Y me avergonzaba admitirlo, pero no se iban.

Por la noche, ya en el consultorio de mi terapeuta, le conté lo del bar. Estaba enojada conmigo misma, furiosa por no darle la vuelta a la página, por no mirar todo lo que sí tenía, por no dejarme de melodramas baratos de hijas que resienten no sólo el abandono de su padre sino la falta de un padre cuya presencia casi heroica hiciera su aparición en el momento oportuno, en el nudo del conflicto, para rescatar con su capa hecha de testosterona a la pequeña cría.

Mi terapeuta me detuvo: sí, yo tenía que trabajar con eso, pero me estaba exigiendo borrar de un plumazo un mensaje cuya carga incalculable lleva generaciones taladrándonos la identidad a las mujeres. Y también a los hombres.

No sé cómo terminamos la sesión hablando de Marcela, la pastora que rechaza a Grisóstomo en la primera parte del *Quijote* y comprendí que, si aquel discurso en voz de ese personaje estaba ahí desde el 1600, quizá sí me estaba pasando de exigencia conmigo misma.

Y es que yo aprendí que las mujeres que eligen estar solas valen incluso menos que aquellas a las que abandonaron.

¿Cómo nos atrevemos a querer valer por atributos autónomos?

En el capítulo XIV de la primera parte del *Quijote* vienen los aldeanos enardecidos a reclamar a Marcela que por su rechazo amoroso el pobre Grisóstomo haya muerto. Dice así Ambrosio a Marcela:

"¿Vienes a ver, por ventura, ¡oh fiero basilisco destas montañas!, si con tu presencia vierten sangre las heridas deste miserable a quien tu crueldad quitó la vida?..."

A lo que Marcela responde:

"No vengo, ¡oh Ambrosio!, a ninguna cosa de las que has dicho, sino a volver por mí misma, y a dar a entender cuán fuera de razón van todos aquellos que de sus penas y de la muerte de Grisóstomo, me culpan; y así, ruego a todos los que aquí estáis me estéis atentos, que no será menester mucho tiempo ni gastar muchas palabras, para persuadir una verdad a los discretos. Hízome el cielo, según vosotros decís, hermosa, y de tal manera, que, sin ser poderosos a otra cosa, a que me améis os mueve mi hermosura, y por el amor que me mostráis, decís, y aun queréis, que esté yo obligada a amaros. Yo conozco, con el natural entendimiento que Dios me ha dado, que todo lo hermoso es amable; mas no alcanzo que, por razón de ser amado, esté obligado lo que es amado por hermoso a amar a quien le ama. Y más, que podría acontecer que el amador de lo hermoso fuese feo, y siendo lo feo digno de ser aborrecido, cae muy mal el decir: 'Quiérote por hermosa; hasme de amar aunque sea feo'. Pero, puesto caso que corran igualmente las hermosuras, no por eso han de correr iguales los deseos (...) Yo nací libre, y para poder vivir libre escogí la soledad de los campos. Los árboles destas montañas son mi compañía, las claras aguas destos arroyos mis espejos; con los árboes y con las aguas comunico mis pensamientos (...) El que me llama fiera y basilisco, déjeme como cosa perjudicial y mala; el que me llama ingrata, no me sirva; el que desconocida, no me conozca; quien cruel, no me siga; que esta fiera, este basilisco, esta ingrata, esta cruel y esta desconocida, ni los buscará, servirá, conocerá ni seguirá en ninguna manera. (...) Yo, como sabéis, tengo riquezas propias y no codicio las ajenas; tengo libre condición y no gusto sujetarme".

Mi madre era mi Marcela del *Quijote*. Y era también la vecina y la madre de Vivian Gornick. Y mi compañía y la protección de todos mis hermanos y mía.

Cómo pretendían que se avergonzara de ser quien era, cómo podría alguien preguntarle a mi madre por qué tan solita si ella también contiene multitudes.

XVII. ¿Papá?

El ambiente había cambiado cuando volvimos a la frutería.

La luz cegaba. El calor podía verse, nervioso, se dibujaba alrededor de cada figura y todo olía a un dulzor insoportable que salía de las frutas, de la tierra, de nuestros cuerpos.

La misma mujer de antes estaba sentada en un banquito de madera, ya no había clientes. Creo que por primera vez reparó realmente en nosotros.

Yo sentía que estaba a punto de claudicar, esa vuelta al mismo lugar y sin resultados me iba descorazonando. La indiferencia del entorno, que al mundo le importara una mierda si mis intuiciones me habían hecho el llamado atávico de buscar al padre, la idea de escuchar un "te lo dije" si regresábamos sin lograr el cometido… entonces la mujer, como un oráculo, apuntó un poco a ciegas hacia donde estábamos, con su gesto llamaba a mi sobrino Carlos René.

Él se acercó y ella le dijo que lo más seguro es que mi papá estuviera en el campamento.

¿El campamento?, es notable lo imbécil que puedes sentirte cuando ignoras todo el contexto y el código de lenguaje de un lugar en el que eres forastera.

¿Qué es el campamento?

Está muy arriba, dijo Carlos René. Es peligroso, yo creo que mi mamá no va a querer que vaya con ustedes.

Si nuestro Virgilio tenía miedo aquello debía ser muy arriesgado.

Yo seguía sin entender qué era el campamento. ¿Una base militar?, ¿un campamento gitano?, ¿un camping de turistas? Todas esas tonterías pasaron por mi mente cándida.

Entonces sonó el teléfono de mi hermano.

La pantalla mostraba el número de mi padre que antes nos había dado don Alejandro y al que habíamos marcado sin que contestara; parecía que finalmente devolvía la llamada.

Mi hermano me aventó el teléfono para que yo respondiera.

"¿Papá?"

Ese diciembre de 2016, en la línea de los cuarenta años yo decía papá por primera vez en mi vida para dirigirme a él.

Y, sí, era él.

Somos tus hijos, vinimos a visitarte, estamos en la frutería, te buscamos sólo para saludarte, si tú quieres.

A partir de ahora escribo con un regusto a amoníaco que me lubrica la garganta. Tengo ganas de llorar, mi Marte enojado es una pose ridícula, soy una niña agradecida y una mujer conmovida, qué guerrero de fuego ni qué dios de las armas. Si yo sólo quiero querer y que me quieran, ésa es mi verdad más honda.

Hazme un favor, dijo mi padre, compra unas tortillas para prepararles un taco.

Y ahí, sosteniendo el teléfono pegado a mi oreja, me quedé atrapada en una galaxia de ternura que orbitaba en La Mira, Michoacán con sus dos únicos habitantes: mi papá y yo.

Su respuesta era un gesto de amor, un rasgo de cuidado tardío, una forma de hacerse cargo aunque resultara apenas simbólica. Mi padre quería alimentarnos. Recibirnos en su casa y alimentarnos.

Me tardé en responder pero le dije que ya habíamos comido, que llevábamos todo el día buscándolo, que nadie supo decirnos dónde era su casa.

Entonces me dio instrucciones y yo volví a ser la niña aplicada y diligente que pone atención y resuelve bien los problemas para ganar la aprobación de su padre.

Mientras escuchaba sus indicaciones, mi cabeza sonaba en código Juan Gabriel con el *Noa Noa*. El cerebro y su soundtrack oculto siempre a tiempo. Supongo que escuchaba el *Noa Noa* para no echarme a llorar, buscaba refugio en un mantra de alegría tal vez, porque de inmediato pasé al inconfundible *Allegro* de la Sinfonía número 40 de Mozart.

Taran tán tаratá tararará…

Cuando colgué estaban todos observándome, esperando a que les dijera el mensaje de mi padre. Me sacudí el tarareo de Mozart de la cabeza.

Mi padre me había dado instrucciones precisas: ve al sitio de taxis de La Mira, busca el taxi número 37, el conductor es mi amigo, se llama Javier. Pero asegúrate de que sea el taxi 37, ¿me oíste?

Lo había escuchado, sí. Fuerte y claro. Copiado, pareja. Anoté el número y el nombre de Javier en mi libro del otro Javier, Cercas.

Y el misterio de "el campamento" quedó develado, lo supe cuando me insistió con que me asegurara del número del taxi.

No podía ser otra cosa. Estábamos en Michoacán, en la zona portuaria, tantas preguntas y todo aquel halconeo, esos códigos extraños que yo había advertido no podían significar algo distinto. Recordé mi conversación con el otro taxista, aquel Mustafá de Nueva York: "México es un país de narcos, tal vez todos descendemos de uno".

En la camioneta llegamos hasta el sitio. La unidad 37 estaba ahí.

Pensé en la ironía del número 37 cuyos dos dígitos sumaban 10, el número 10, ese primer escalón en el bloque de decenas de nuestro sistema de conteo universal. Es decir que se trataba de una forma reiniciar un ciclo pero desde un lugar de mayor aprendizaje. Lo anoté todo en mi libro de Javier Cercas, el número, la suma, la reflexión.

Todo lo que tiene que pasar para que el cero y el uno vuelvan a encontrarse. El diez sólo es posible si se forma esa pareja. Me sentía habitando un cero, un cero amplio y redondo, un cero habitado por la infinita belleza del vacío, por la posibilidad de volver a empezar.

Sudaba y los colores de todo me parecían eléctricos, como si un halo en movimiento recortara las siluetas de todo cuanto me rodeaba. Empecé a sentir unas finas punzadas en la cabeza que iban y venían de una zona a otra. Los cables pelados, la sinestesia. Cálmate, mujer. Respira.

La conciencia es una droga, la lucidez es un tormento, la vida —cuando induce a un estado de alerta— pone como el más sofisticado de los psicodélicos.

Me sentía en un estadazo cuando el taxista bajó la ventanilla de su auto.

Buenas tardes, Javier, acabo de hablar con Porfirio Murillo, me dijo que usted podía llevarnos al campamento, somos sus hijos.

Javier Vázquez —se presentó con nombre y apellido— se quitó el sombrero mostrando un pelo pajizo que habría sido rubio en su juventud, luego levantó las gafas oscuras y me escrutó con sus ojos verdes, ambarinos; me miró primero como sopesando una pieza de ganado, luego con simpatía, casi diría que con cariño. Atrás de mí estaban mis hermanos, su mirada los alcanzó también a ellos.

Con una risilla que no supe si calificar de irónica o sucia, afirmó con la cabeza y dijo "claro que son los hijos de Porfirio, si son igualitos a él. Súbanse, yo los llevo".

No cabíamos todos, así que al taxi subimos mi madre y yo.

En la camioneta nos siguió el resto.

Carlos René se quedó aunque tenía ganas de acompañarnos. Resignado, nos despidió con la mano y se fue quedando lejos en el retrovisor.

Ya emprendíamos el camino de nuevo.

XVIII. Me atropelló un trolebús

El 19 de septiembre de 1998 pedí permiso en mi trabajo de operadora telefónica para ir a los servicios médicos de la Universidad Nacional Autónoma de México a conseguir un certificado foniátrico.

Había logrado, por fin, entrar a la Facultad de Filosofía y Letras para estudiar Literatura Dramática y Teatro. Luego de tres intentos con el examen de admisión, lo había conseguido y no me lo podía creer.

Había sólo once lugares para quienes no teníamos pase automático para estudiar esa carrera. Once matrículas disponibles para todo el país, once lugares para una población rabiosamente joven, para millones de aspirantes. Este sistema y su eterna broma institucional, su mala broma de llamarse educación pública cuando es sabido por todos que es una mierda real y pontificia como real y pontificia fue la universidad virreinal que desde entonces determinó que la educación era un privilegio monárquico y condenó al crimen del analfabetismo a más de la mitad de la población. Hoy la mayor tragedia de este país sigue siendo la ignorancia, y como toda tragedia, alcanzará a nuestra descendencia por tres o cuatro generaciones.

El bachillerato lo estudié en el Instituto Politécnico Nacional, en la vocacional número 5, esa emblemática Ciudadela marcada por los disparos del movimiento estudiantil del año 1968, muy cerca del metro Balderas. Fue un pasaje maravilloso, pero me dejó sin ninguna materia de humanidades en mi expediente académico.

Cuando enfrenté a los cristianos tropicales para estudiar Literatura Dramática y Teatro, no tenía idea de que sufriría en serio para revalidar todas las materias que en el Politécnico no había cursado. Pero si había podido con la condena bíblica, podría con lo otro.

Estudié hasta el agotamiento en la biblioteca de la Ciudadela para revalidar cuatro materias: Literatura, Filosofía, Historia Universal e Historia de México.

Por inconcebible que parezca, esas cuatro asignaturas habían sido omitidas del bachillerato en el Instituto Politécnico Nacional que existía para formar técnicos que ejecutaran procesos y profundizaran poco en cualquier otro conocimiento. Obreros calificados, técnicos de medio pelo, operadores respetables, encargados de hacer funcionar el cuarto de máquinas de la industria de la pobreza que tan próspera y rentable resulta en México y cuyos empresarios y políticos no tendrían la mitad de sus fortunas si no se sustentaran en ella. Operarios con título, eso. ¿Para qué aprender literatura o filosofía?

Este país es un atraco, un verdadero despojo educativo, no me canso de repetirlo. Y ser mexicano es ser víctima de ese desfalco de conocimiento tanto en las escuelas públicas como en las privadas.

Pero mi alegría era grande. Había estudiado y conseguido los créditos de las cuatro materias y había logrado aprobar el examen de admisión en mi tercer intento.

Trabajaba vendiendo Fondos de Ahorro para el Retiro en un centro telefónico cuyas instalaciones estaban en el Palacio de los Deportes. Ese 19 de septiembre era sábado, pedí permiso para salir antes de la hora establecida y poder llegar a mi evaluación foniátrica; en la UNAM el horario era reducido por ser fin de semana.

Antes de entrar al Metro, hice una parada en el cajero automático para sacar efectivo porque la prueba tenía un costo. Lo hice todo corriendo, como compitiendo en una carrera con obstáculos.

Recuerdo cada detalle de cómo iba vestida. Unos pants rosas a juego con una sudadera, playera blanca, tenis negros, mi backpack con un estampado de flores descolorido, el cabello recogido en una coleta.

Añil y Churubusco eran las coordenadas del cajero donde retiré el efectivo. Turulata como estaba con la novedad de mi ingreso a la universidad, saqué mi credencial para observarla como quien contempla la foto de su amado. En un descuido se me cayó la credencial y mirando sólo hacia el lado del flujo de la circulación, me agaché a levantarla.

Pero olvidé que el trolebús circulaba en sentido contrario y en el carril confinado justamente donde yo había tirado la credencial que ahora me apresuraba a levantar.

Fue un segundo, tal vez menos. O una eternidad.

Todos los metales del mundo golpearon contra mi cabeza y mi cuerpo, luego sentí cómo me elevaba por los aires y caí un metro adelante.

Fue espectacular sentir mi cuerpo elevándose.

He leído sobre los superpoderes del cerebro humano cuando se reconoce en una situación de vida o muerte: desde las fuerzas sobrenaturales de Jean Valjean al levantar el carruaje tantas veces reproducidas en gente que ha sido capaz de levantar un auto para escapar o quienes han sabido exactamente qué hacer en el último minuto de una situación límite como si tuvieran todo el tiempo del mundo para escapar de un incendio o de un tiroteo… una aguda lucidez ante la agonía. Pero nada se parece a experimentarlo.

El superpoder del instinto de supervivencia.

Eso debió sucederme, porque el impacto había sido brutal, catorce toneladas de trolebús con pasajeros habían dado contra mi cuerpo pero yo conservaba la cordura y, sorprendentemente, la calma. Lo primero que pensé fue que tenía que arrastrarme a la banqueta porque en la avenida podría pasar otro automóvil y dejarme molida contra el asfalto. Así lo hice, repté a la banqueta y pude sentarme, recuerdo que me repetía mi nombre, mi edad, el día del año.

Me llamo Alma Delia Murillo de la Cruz, tengo diecinueve años, hoy es 19 de septiembre de 1998, me atropelló un trolebús.

Me llamo Alma Delia… mi mantra era, también, un puro instinto de conservación de la conciencia para no entregarme al desmayo que sentía que quería devorarme desde lo alto de la cabeza.

Un chorro caliente me bañaba la cara, me toqué con la mano izquierda y vi la sangre: era mucha.

El autobús había frenado, el conductor bajó y se echó a llorar cuando me vio.

Perdóname, nena, no te vi. Perdóname, perdóname, perdóname.

De inmediato me preguntó el nombre de mi mamá o de mi papá, qué gracia me hizo en ese momento la pregunta incómoda de siempre "¿cómo se llama tu papá?"; esa lucidez tan precisa como demencial me hizo soltar algo parecido a una carcajada y tragué sangre salada.

El cerebro transita por lugares tan desconocidos que, bien pensado, debería darnos terror confiar tanto en esta cosa que portamos arriba de los hombros y llamamos cabeza porque es capaz de dirigirnos al paraíso o al abismo sin que podamos apenas darnos cuenta.

Pobre del chofer, me miró con una expresión de pánico, estaba más asustado que yo. Lo tranquilicé, le dije mi nombre y le entregué mi credencial de la UNAM, esa que me había costado aquella molienda y que no habría soltado de mi puño por nada del mundo, ni por el impacto de un trolebús.

Ahí está mi nombre completo, que no me lleve la ambulancia hasta que venga mi hermana que trabaja aquí enfrente, en el Palacio de los Deportes, que alguien se lleve mi credencial y pregunte por ella.

Yo daba indicaciones sintiéndome dueña de una tranquilidad que jamás habría imaginado tener en una circunstancia como aquélla, y que de hecho, hoy no tengo.

Pero en ese momento no experimenté un ataque de pánico ni un episodio de ansiedad sino un fino discernimiento, como si llevara por dentro la más sofisticada brújula náutica a prueba de cualquier desvío. Dirigí la logística de mi propio rescate.

Vi que había otro trolebús parado junto a éste, comprendí que estaban trasladando a los pasajeros. Recuerdo que hice el intento de sonreírles porque se veían todos muy asustados y pálidos.

Por lo bajo seguía repitiéndome a mí misma quién era, mi edad y la fecha. En minutos llegó una ambulancia. Me pusieron en una camilla y me hablaron sin parar, me molestaba eso. Sólo quería que me dejaran repetir mi mantra tranquilizador. Me preocupaba que perdieran mi credencial de la universidad y empezaba a arrepentirme por habérselas dado cuando llegó mi hermana que tenía tres meses de embarazo de su primer hijo y cuando me vio se echó a llorar exactamente como el chofer había hecho antes.

Entonces yo contuve el llanto.

Las hermanas son el mejor refugio del mundo, de mi mundo, al menos.

El amor que viene de la sangre no se parece a ninguno, ni al de la pareja, por más que el Romanticismo haya querido convencernos de lo contrario.

Mi hermana se dio cuenta de que no me hacía bien que llorara y trató de contenerse también, apretó los labios. Ahí estábamos, ella con sus veintitrés años y su embarazo primerizo y yo con mis diecinueve, molida por el trolebús, tratando de cuidarnos mutuamente.

El amor de sangre, y el dolor que conlleva, rebasa todos los adjetivos de toda la historia de la literatura. Salvo Shakespeare, obvio.

Entonces la comitiva se puso en marcha.

Dos trolebuses, dos patrullas, sirenas a las que ni cien Orfeos tranquilizaban.

Ya no necesitaba repetir mi mantra, en la ambulancia mi hermana me daba la mano. Y esa mano contenía la mano de mi madre, la de mi abuela, la de mis hermanas y mis hermanos, incluso la de mi padre, la de toda mi familia. Ya podía relajarme, a través de mi hermana había llegado mi tribu para hacerse cargo.

Cuando llegamos al área de Traumatología del hospital Magdalena de las Salinas, un par de enfermeras malencaradas me desnudaron y me acostaron en una plancha metálica, helada y dura.

Mi hermana había ido a llenar los formularios de rigor.

Entonces tuve unas ganas impostergables de mear y me levanté de la plancha donde me habían dejado sola, entré a un baño diminuto que había en ese cuarto, cuando salí y quise lavarme las manos en el lavabo, me topé con un espejo.

Ahí me desmayé.

El impacto de esa cara amoratada, la sangre por todos lados y la cabeza hinchada —que me resultaba imposible creer que fuera mía— me noqueó.

Desperté cuando las mismas enfermeras de antes me bañaban con una manguera y me llenaban el cuerpo de isodine aplicándolo con unas enormes plastas de algodón.

Adiós a la lucidez prodigiosa de unos minutos antes. Ahora estaba verdaderamente apanicada con lo que había visto.

Ningún pensamiento grandioso cruzaba mi cabeza, ningún estado filosófico me hablaba del sentido de la vida y la muerte, la verdad es que lo único que me preocupaba es que iba a quedar como la novia de Frankenstein. Eso pensé, exactamente ésa fue la imagen que tuve, mi cara llena de cicatrices y costurones. Entonces me vino un ataque de risa y de llanto tan extraño que las mujeres no pudieron hacer otra cosa que asustarse y dar unos pasos atrás de la plancha metálica donde yo estaba. Me tuvieron miedo, lo juro.

Recuperarme de aquel accidente me tomó un año. Ceguera temporal, migrañas, en las vértebras cervicales una hernia de disco, hendidura de dos costillas, falta de sensibilidad y falta de coordinación en el brazo izquierdo y la gestación de un terror insano a la fecha 19 de septiembre. Me había tocado el sismo de 1985 cuando era una niña y había andado por las calles del centro de esta indómita ciudad reconociendo el olor a muerte bajo los escombros, después aquel 19 de septiembre de 1998 me atropellaba un trolebús y no imaginaba los ataques de ansiedad que vendrían con el sismo del 19 de septiembre de 2017.

¿Sincronías significantes o pura mala leche del universo? Porque de casualidades, nada.

XIX. Y ahí

Aquello del trolebús vino a mi memoria cuando el taxi 37 empezó a bajar la velocidad, estábamos llegando.

Mi soundtrack repetía *I'm like a crazy old soldier* en la voz de Johnny Cash. *I'm like a crazy old soldier fighting a war on my own...* Soy un viejo soldado loco peleando una guerra yo solo.

Eso sonaba en mi cabeza y una precisa asociación me hacía pensar en mi aparatoso accidente del trolebús sudando con el sol inclemente de La Mira.

Mi madre bajó del taxi, yo también. Segundos después estacionaban mis tres hermanos. Cuando nos vi a todos llegando al campamento, la imagen del soldado loco que pelea su propia guerra me pareció la mejor descripción de cualquiera de nosotros.

Éramos, de verdad, un escuadrón de cicatrices, accidentes, quemaduras y ayunos prolongados.

Una cadena de situaciones límite que concedían deseos como cuentas milagrosas de un rosario.

Anemia infantil, ruega por nosotros.

Lesión por atropellamiento, ruega por nosotros.

Quemadura de tercer grado, ruega por nosotros.

Techo de lámina, ruega por nosotros.

Ataque de pánico, ruega por nosotros.

Hambre eterna, ruega por nosotros.

Episodio de ansiedad, ruega por nosotros.

Virgen de la Sobrevivencia, intercede por nosotros.

Mi madre tomó la avanzada y se acercó a una casa enorme en lo alto de una colina.

¿Ésa era la casa de mi padre?

Estábamos en el porche de la propiedad, unas plantas bien cuidadas lo rodeaban todo, una construcción grande pero con las puertas cerradas se levantaba detrás, a la derecha vi dos jaulas doradas con unos gallos de pelea imponentes, bellísimos; hacia abajo se extendía un sembradío de no sabría decir qué cosa, pero era grande.

Y ahí.
Junto a una mesita en la terraza.
Estaba mi padre.

Se puso de pie y vino a recibirnos.
La intersección de la realidad con los deseos es una dimensión muy extraña, inmaterial, lisérgica.
Todo era y no era como lo había imaginado. Mi padre estaba entero, un hombre en sus setenta bien plantado, con una abundante cabellera cana, la piel bronceada por el trabajo y la vida en el campo, fuerte, y aunque con una ligera barriga, se veía en su peso.
Para cuarenta años de alcoholismo severo me pareció que se conservaba intacto y rezumaba una energía marcial.
But like a crazy old soldier
I just dont know when to quit.
Llevaba una playera verde bien fajada, un cinturón grueso del que pendía, en una funda de cuero roja, un cuchillo; huaraches con suela de llanta, un anillo grande con las iniciales "P. M.", al cuello un silbato y un pañuelo rojo cuidadosamente anudado. Más adelante, ese pañuelo rojo alcanzaría una dimensión simbólica muy importante para mí.
Así que ése era el monstruo, el loco, el borracho. El rey y mendigo, el mal marido y peor padre, el cobarde, el que había huido, el padre finado y refinado. El muerto vivo.
Cordelia: ¿Cómo está mi real señor?, ¿cómo se encuentra vuestra majestad?

Lear: Habéis hecho mal en arrancarme de la tumba. Tú eres un alma en la bienaventuranza; pero yo estoy atado a una rueda de fuego, y mis propias lágrimas me escaldan como plomo fundido.

Cordelia: ¿Me conocéis, señor?

Lear: Sois un espíritu, lo sé. ¿Cuándo moristeis?

El día que abdicaste como padre, el día que decidiste dejar de cuidarme. Y mira si tu tragedia es grande, papá, porque ese día morí pero sólo para ti.

XX. No me nombres tu hija

Ser mujer y crecer en un país donde asesinan a once mujeres cada día es sobrevivir. Mayormente si naciste y creciste en el Estado de México, que hoy es el municipio con la tasa más alta de feminicidios.

Así que lo que voy a contar ahora lo cuento porque sé que es la historia de millones de mexicanas, porque llevo dentro de mí a todas las mujeres que han vivido un abuso como ellas me llevan dentro suyo.

Todavía me incomoda hacer este relato y aún más el de otras, pero voy a hacerlo porque tenemos que revertir el sentimiento de vergüenza.

¿Por qué la vergüenza recae sobre nosotras?

Salir todos los días de los rumbos del Estado de México para estudiar y trabajar en la Ciudad de México implicó incontables experiencias de acoso. Desde señores que se masturbaban frente a mí en el andén del Metro o agazapados en las escaleras buscando la forma de llamar mi atención para que viera su verga erecta y con eso llegar al culmen de su excitación; hasta los que se atrevieron a tocarme, a rozar discretamente el brazo contra mis senos o aquel que, de plano, antes de bajar del tren en la estación Hidalgo, se coló en el gentío y metió la mano entre mis piernas con tal violencia que sentí que mi ropa se había roto. Recuerdo ese caso en particular, cómo reaccioné y detuve al agresor agarrándolo del brazo, cómo se formó una turba alrededor de nosotros que no le permitió escapar, cómo los dos agentes de la patrulla trataron de convencerme para que no lo denunciara porque era muy engorroso y aconsejaron que mejor me vengara dándole unas patadas, cómo el Ministerio Público condenó la "falta administrativa" que no alcanzó la tipificación de delito con una multa de quinientos pesos que el tipo no pudo pagar y por eso pasó unas horas recluido, cómo uno de los policías que tomó mi denuncia y anotó mis datos, llamó esa misma noche a mi casa para invitarme a salir con él, cómo intenté explicarle que era el colmo de la cultura del acoso que usara un dato personal para invitarme a salir.

Cómo colgó diciéndome que era una tonta y que me hacía del rogar.

Parece un esperpento, una mala comedia, pero esto es México, y así funciona el sistema que un engranaje exasperantemente machista ha creado.

El anecdotario de acoso es tan largo y variado, que algunos podrían pensar que lo invento, pero las mujeres que me lean sabrán que no.

Nosotras sabemos que hay un larguísimo tramo de nuestra vida que puede durar tres décadas (o más) donde cada día, en cada lugar, en cada espacio público, en muchos espacios privados, en cada intercambio profesional, laboral o social, habrá un hombre que te acose.

Un jefe, un compañero de trabajo en la oficina, un maestro, un director de teatro, un director editorial, un amigo pasado de copas, un primo despistado, un tío borracho, el novio de una amiga, un policía en el aeropuerto, un mesero, un taxista, un médico general, incontables desconocidos. No son ejemplos ilustrativos o pedagógicos, me han ocurrido a mí.

Y metería la mano al fuego para afirmar que más de la mitad de las mujeres que leen esto, pueden hacer su recuento con el mismo o mayor número de casos.

Cuando empecé a ir psicoanálisis, le decía a mi terapeuta que estaba muy enojada con mi padre por no haberme cuidado; si su trabajo era cuidar a sus crías como hacen otros animales en la crianza, ¿por qué él no lo había hecho?

Eran nuestras primeras sesiones; ella me preguntaba específicamente por qué creía que mi padre no me había cuidado y yo me enredaba tratando de explicarlo y al final no decía nada.

Lo que yo quería decir era que mi padre no me había protegido del abuso. Necesité muchos años para, desde el diván de aquel consultorio, poder hacer el relato de la violación que sufrí en mi infancia.

Pero una tarde, cuando faltaban pocas semanas para que dejara mi vida de oficinista y pudiera dedicarme a la escritura, en la terapia hablé de *Fuenteovejuna*, de Lope de Vega.

En mi paso por la Escuela Nacional de Arte Teatral había memorizado las líneas de Laurencia, que es violada prácticamente delante del pueblo sin que nadie la defienda.

Cuando Laurencia aparece en escena luego de haber sido abusada por el Comendador, todo en ella es la evidencia de una agresión sexual, cosa que, desde luego, un perito del sistema judicial mexicano negaría. Laurencia aparece llorando, entonces encuentra a su padre que la llama "Hija mía". Y ella, furiosa, responde "No me nombres tu hija".

El padre, descolocado, le pregunta por qué y ahí arranca ese magistral monólogo donde Laurencia reclama la cobardía de los padres que no pelean por sus hijas, la debilidad de los habitantes del pueblo que permiten los abusos del Comendador y remata deseando que desaparezcan los hombres para que regrese "aquel siglo de amazonas, eterno espanto del orbe".

Mi reclamo a mi padre era el mismo que le hacía Laurencia al suyo.

Hasta hace algunos años creía, ingenua de mí, que un padre presente protege de una violación, del hostigamiento sexual con el que el mundo atormenta los cuerpos de las mujeres.

Lo creía porque tenía seis años cuando un vecino entró a la casa y abusó de mí, yo estaba enferma y ese día no había ido a la escuela con mi hermana. Mi madre trabajaba triple jornada y todos los demás estaban en la escuela, así que me quedé sola.

Ocurrió así. Mis hermanos estaban todos fuera, estudiaban en un internado. Mi hermana mayor se reponía de las quemaduras en un hospital.

Quedábamos Paz y yo, ella estudiaba segundo de primaria y a mí me mandaban con ella de oyente, mi hermana tenía ocho años y yo todavía no cumplía los seis.

Eran días extraños, andábamos por ahí un poco inconscientes, un poco asustadas, muy solas. Visitábamos a nuestros amigos que vivían a un par de casas, también solos, también hijos de la disfuncionalidad, milagrosamente vivos; nos divertíamos persiguiendo ratas, haciendo pasteles de lodo y comiendo cualquier cosa, la comida que mi madre dejaba algunas veces, otras sólo galletas que comprábamos en una tienda calamitosa.

Teníamos un vecino de alrededor de veinte años, Mariano.

No sé de dónde salió, pero mi familia lo acogió de inmediato porque tenía una temblorina rara; cualquier desvalido era bienvenido entre nosotros porque nos recordaba que no éramos los únicos.

Mariano decía que yo era su novia y a todo el mundo le hacía gracia la broma, no a mí. Una mañana amanecí con tal infección en la garganta y fiebre que no pude acompañar a mi hermana a la escuela, me quedé sola en casa porque mi madre no podía faltar al trabajo —un día sin salario representa una verdadera crisis económica para una mujer que mantenía sola a ocho hijos.

Recuerdo mi cuerpo delgado de cría de seis años, llevaba unos shorts azul marino y un suéter del mismo color, alguna de las tías caritativas que le regalaba ropa a mi mamá debió heredármelos; estaba en la cama viendo una televisión blanco y negro que habíamos sacado no sé de dónde, recuerdo la sensación de la fiebre, tenía calor y frío; llevaba unos zapatos blancos de charol —también regalados— que me apretaban, el alma caritativa debió calzar de un número menor al mío.

Mariano apareció de la nada y cerró la puerta, se veía muy nervioso, temblaba más que de costumbre, se sentó en la cama junto a mí y me dijo que mis piernas eran muy bonitas, casi tan bonitas como mis ojotes negros. Yo sabía que algo estaba mal, de inmediato traté de levantarme de la cama pero él me lo impidió, me abrazó fuerte y dijo que yo era su novia, me preguntó insistentemente si lo quería; traté de escapar, grité, sentía la fiebre, a Mariano, los pies punzantes por los zapatos apretados, escuchaba las voces en la tele, su respiración pesada, me dolían la cabeza y los huesos, cómo dolían los huesos. Me concentraba en el dolor por los zapatos. Fue todo muy rápido, él estaba muy excitado, en un par de minutos eyaculó y salió corriendo.

Me quedé sentada en la cama, inerte, zombi. Después de un rato me levanté y me bañé, hacía todo en automático, como si me hubieran desconectado, como si estuviera ahí pero muerta.

Cuando regresó mi madre yo ardía en fiebre y tenía la garganta completamente cerrada, afónica como nunca, sin voz.

Odié a Mariano con el odio de una legión entera, odié a mi madre por estar trabajando, me odié a mí misma por ser capaz de entender lo que había ocurrido y no poder autoengañarme. Odié a mi padre porque no estuvo ahí para cuidarme. Odio profundo, odio ácido, odio gigante en mi alma de seis años. Odio y miedo, rabia y resentimiento descomunales pero ni una palabra. Aprendí a proteger con el silencio, intuí que hablar lo dinamitaría todo.

Así sellé mi trágico romance con el miedo, pacté con sangre. Miedo de estar sola, miedo de lo masculino, miedo de mí.

Y en un abrir y cerrar de ojos me hice adulta, y luego, para mi fortuna, me entregué al oficio de escribir; así aprendí a nombrar cada cosa, a masticar cada palabra y, sobre todo, a mirar la condición humana.

Años de vivir y de atreverse a mirar y de atreverse a nombrar; lecciones duras para reconciliarse con el deseo, sentarse a la mesa entre luces y tinieblas un día sí y otro también. Saber, cuando escucho a otras mujeres, que se necesita mucho temple para no entregarse al resentimiento como único camino; que llevar estas historias a cuestas y sonreír es quizá el único trofeo por haber peleado esa guerra, en muchos casos es seguir peleándola.

Pensar en los zapatos que me apretaban fue la salida que encontró mi psique infantil, tal vez por eso ahora los zapatos de las incontables mujeres violadas y desaparecidas en México me perturban de un modo escalofriante. ¿Cuál será el símbolo, qué ancla habrá elegido la psique de todas ellas?

No era que pensara que si en ese momento justo mi padre hubiera estado en casa aquello no habría ocurrido; era que invocaba al arquetipo de la protección titánica que encuentra acomodo en las fantasías desde que somos niños. En mi imaginario como en el del mundo entero, un padre era un estandarte de seguridad en la puerta, un edicto del rey, un ojo vigilante, un rayo solar, un brazo protector, un sello de legitimidad, un símbolo heroico y todopoderoso.

Lo absurdo de esa construcción imaginaria no es sólo que exige de los hombres esa conducta imposible, sino que también deja fuera a todos los padres que no son eso, que son millones; y a todas las hijas e hijos que no tenemos padres así, que somos miles de millones.

Pero hay algo peor: muchas veces, es justamente el padre el que abusa de sus hijas.

¿El padre presente cuida porque está para proteger o abusa aprovechando la intimidad de la casa y el mandato de silencio familiar?

El abuso sexual infantil lo cometen casi siempre hombres y casi siempre son personas conocidas; la mayoría de los casos cumplen con las dos variables: el abusador es hombre y el evento ocurre al interior de la familia. El padre, un tío, un hermano mayor, un primo, un abuelo. ¿Quién se queda a solas con una niña si no es un familiar?

La historia de las mujeres está atravesada, de una punta a la otra, por el abuso sexual.

Un viernes del mes de agosto de 2019, en la Ciudad de México distintos grupos de mujeres salieron a recordarle al mundo que aquí asesinan a once mujeres a diario, a reclamar algo que insistimos en llamar justicia. Marcharon gritando consignas, pintando paredes, grafiteando reclamos. La respuesta del gobierno fue violenta.

Pero no fue sólo la respuesta del gobierno sino también de un sector importante de la sociedad, que estaban alarmados porque paredes y monumentos habían sido manchados y cubiertos con diamantina rosa.

No podíamos creer que la diamantina rosa indignó más que las miles de mujeres violadas, desaparecidas, asesinadas. Y sin embargo así fue.

A propósito de ese tema y tratando de explicar por qué es absurdo pedirle diplomacia a una víctima de violación, a una madre que ha perdido a una hija, publiqué mi experiencia de abuso sexual infantil.

Sonrisas. Lápiz labial. Faldas. Tacones. Diamantina. Provocaciones puras y duras.

¿Cómo vamos a reparar todo lo que se ha roto si luego de pelear mil batallas, se espera que las heridas de guerra sean al mismo tiempo la parte civilizada, silenciosa y protocolaria que le pide permiso al mundo para hablar de su dolor?

¿Cómo vamos a reparar todo lo que está roto? Con esas preguntas remataba mi texto.

157

Al día siguiente de haberlo publicado, recibí más de ciento sesenta testimonios de mujeres que se animaron a mandarme un correo electrónico para contarme sus experiencias.

Fue demoledor.

Conforme los leía se me hundía el pecho.

Abusos recurrentes que duraron desde la niñez a la adolescencia, casas donde primero el padre y luego los tíos o los hermanos mayores violaban a la hija menor, familias traumatizantes donde todo el sistema eligió proteger al abusador; confesiones tardías entre una madre y su hija donde se revelaron que el padre de una y abuelo de la otra las violaba. Leyendo esos testimonios, terminó de derrumbarse aquella fantasía mía del padre protector.

No: la presencia de un padre no necesariamente protege del abuso, de hecho, puede propiciarlo o ejercerlo en un importante número de casos.

En esa muestra de casos que recibí, el cien por ciento de los abusadores fueron miembros de la familia.

Un correo electrónico tras otro iban provocándome un desánimo absoluto.

Intenté canalizar a quienes pedían ayuda con algún terapeuta, y respondí como pude a quienes sólo querían que alguien las escuchara.

Al final, lo digo con vergüenza, quité la cuenta de correo electrónico de mi perfil de Twitter porque no podía con otro testimonio más. No estoy capacitada para atender, aconsejar o dar guía a cientos de víctimas de abuso sexual. Y empecé a intuir que mi propio equilibrio emocional peligraba. Lo siento mucho. Lo siento.

No, quizá la presencia de mi padre no habría garantizado protección. Hay fantasías infantiles que se desploman después de los cuarenta años.

XXI. El pañuelo rojo

La secuencia inicial fue de una torpeza previsible y, para mí, de una intensidad casi insoportable.

Cada latido de mi corazón era un mazazo en la cabeza, sentía cómo mi pulso retumbaba en las sienes, en el cogote, en la punta de los dedos. Fuimos entrando uno a uno, en medio de un concierto de palabras sueltas, raras, pero que fraseaban el *leitmotiv* de esta historia. Mi madre repetía: éste es tu hijo, ésta es tu hija…

Busqué al taxi 37 para pagarle pero se había retirado, discretísimo. Lamento no haberme tomado unos minutos para agradecerle a don Javier, después de tanto buscar él nos había dejado en el sitio exacto.

Mi padre lucía entero y rendido, como quien pelea una batalla interior pero se empeña en no mostrarla. Me pregunto ahora cómo pudo soportarlo, qué ramalazo debe ser no ver a tus hijos por más de treinta años y que un día se aparezcan a la puerta de tu casa cuyo domicilio es un acertijo demoníaco. Pero quien resiste más de treinta años de ausencia, puede resistir el reencuentro, quizá sólo haya vivido para esperarlo. Respiro para el día en que volvamos a encontrarnos.

Reconoció bien a mi hermano mayor, Noé. Fue con él con quien más tiempo convivió cuando aún vivía toda la familia reunida en Michoacán.

Le preguntó si recordaba las cosas que le había enseñado de niño, si recordaba que se lo llevaba a la faena al campo, que él le había enseñado a trabajar y a disparar. Luego se puso junto a él emulando una formación marcial repitiéndole que así era como había que pararse. Ahí estaban los dos, practicando una improbable coreografía añeja, remota, milenaria. Aquélla era la escena más tradicional de un padre con un hijo, sólo que llegaba treinta años tarde.

¿Sí te acuerdas?

Los demás rondábamos en torno a ellos sin saber muy bien qué hacer. Yo no le quitaba la mirada de encima, quería retener cada imagen, aprenderme su cara, su estatura, su peso; quería ser capaz de recordar todo aquello muchos años después. Pero la memoria es como un perro callejero que no obedece reglas y hace exactamente lo que le viene en gana sin aceptar adiestramientos. Hoy lo evoco todo como en un sueño y lo que sé con precisión no es porque me lo devuelva la memoria, sino porque tuve cuidado de anotarlo en el libro aquel que se convirtió en mi bitácora del viaje.

Tardé en decidir si me gustaba la cara de mi padre, en evaluar si nos parecíamos, si reconocía algo familiar en ese rostro.

Se le veía conmovido, eso no podía ocultarlo. Sus ojillos negros que todavía brillaban intensos revelaban que todo en su interior se estaba removiendo. Estaba inquieto, nervioso.

También estuvo amoroso, a su manera, intentando decirnos algo que no se atrevía a articular del todo, o que no podía. Creo que quería decirnos que no nos había olvidado.

Nos abrazó a cada uno con un abrazo distante, tembloroso y esquivo.

Ésa era la esencia del amor de mi padre, un amor que esquivaba. Así terminé de afianzar la certeza (¿o debería decir la intuición?) de que mi padre nos había amado tanto que se había sacrificado ausentándose, que la manifestación más alta de su amor era su ausencia.

Me pareció que el cerebro recibía una descarga eléctrica cuyo trayecto golpeaba mi identidad en sentido contrario; la ausencia como un acto amoroso era un rinoceronte embistiendo mi reclamo de años, aquel que repetía en mi interior con cada situación en que me hacía falta un padre, aquél con el que me había convencido de que su ausencia era desamor.

No sé, quizá sólo es un exceso de optimismo, de inmadurez o de locura. Tal vez sólo tengo una patología que quiere ver el mundo como un lugar hermoso y humano contra cualquier realidad patente.

Yo soy Alma.

Yo soy Paz.

Tú eres Otilio.

Tú eres Noé.

Aquí están tus hijos, vinieron a verte.

Ése fue el protocolo de presentación, ojalá todos habláramos como personajes de Shakespeare.

Lear: Os ruego que no os burléis de mí. Soy un pobre anciano. Vais a reíros de mí; pero, tan cierto como soy hombre, creo que esta dama es mi hija Cordelia.

Cordelia: Lo soy; lo soy.

Lear: ¿Están húmedas tus lágrimas? Sí, a fe. ¡Por favor, no llores! Si tienes un veneno para mí, me lo beberé.

No había lágrimas entre nosotros, sólo humedad y sudor, mucho sudor.

Luego de unos segundos mi padre preguntó únicamente por una de sus hijas, mi hermana mayor, la niña de sus ojos.

¿Y no vino Eliud?

No, ella no vino.

Mi padre y mi hermana tienen una historia especial. Una que fue sólo de ellos, es de cuando a mi hermana le explotó en la cara una estufa de petróleo provocándole quemaduras feroces, casi mortales.

Era una niña inquieta de seis años, sintió hambre, se le ocurrió que ella sola podría calentar tortillas en una antigua estufa de petróleo, un quinqué que mi madre tenía en la cocina. Así que trató de encenderlo parándose en puntas y acercando demasiado la carita, cuando prendió la flama una corriente de aire entró por la ventana y el quinqué explotó lanzando el fuego directo sobre su rostro. Su reacción natural fue correr y con eso no hizo más que avivar las llamas, de la cintura para arriba se prendió en cuestión de minutos hasta que apareció mi madre y apagó el fuego envolviéndola con una cobija.

Fue mi padre quien, a caballo, la llevó a Morelia para que la atendieran. No cabe en mi entendimiento el dolor que sintió el pequeño cuerpo de mi hermana, cómo resistió durante horas para llegar al hospital civil de Morelia con el cuerpo consumiéndose.

Hay niveles de dolor que no comprendo. No entiendo el azar del dolor cuando se concentra en un solo cuerpo. Hay sucesos que rebasan mi capacidad de razonamiento. No tengo adjetivos, sólo imágenes: la piel pegada a la ropa, el olor a carne quemada, una niña delirante, un caballo blanco, una madre enloquecida, un padre desesperado, cuatro años de hospitales, tratamientos, injertos de piel, transfusiones, gritos, dolores.

Hay niveles de dolor para los que no hay sitio en mi razón, son *Los heraldos negros* de Vallejo:
Hay golpes en la vida tan fuertes… ¡Yo no sé!
Golpes como del odio de Dios.

Hay niveles de dolor que no. Virgen de la Desesperación, ampáranos.

¿Y no vino Eliud?
Sin embargo, esa pregunta de mi padre queriendo saber de mi hermana me regaló, en medio de esas imágenes que ampollan el cerebro, también un par de estampas de ternura. Vi a mi padre angustiado por conseguir donadores de sangre para su hija, siendo donador él mismo,

lo vi durmiendo noche tras noche en las salas de espera de los hospitales, llevando documentos, expedientes, preguntando por ella a los médicos y a las enfermeras, lo vi tratando de entender lo que no se puede entender pero amando y cuidando hasta el delirio. Poniéndole con delicadeza aquel vestido nuevo un año después, cuando por fin pudo sacarla del hospital de Morelia y trasladarla al Juárez de la ciudad de México que se derrumbó luego con el sismo de 1985.

Durante el tiempo que estuvimos con mi padre, que fueron unas horas, no se sentó ni un minuto. Se mantuvo de pie, recordando pasajes con mi hermano mayor, hablando a ratos con mi madre que le preguntó si se acordaba dónde estaba enterrado el oro de su abuelo.

El oro y el dinero, faltaba más, en esta historia tenía que aparecer un tesoro escondido. Mi padre dijo que sí, que allá en el rancho El Limón, que atrás de aquel árbol, que mi mamá ya sabía dónde. Empezaron a discutir que ahí no estaba el árbol sino más allá, mi madre se puso seria, le irritó la falta de claridad de mi padre para dar las indicaciones y yo los miré con mala cara.

Qué tesoro, por favor, cómo podía existir tal cosa, no me chinguen, si no pasamos hambre y miserias para que ahora vengan con esto, me alejé unos pasos, estaba a punto de echarme a reír como histérica de manual.

Desde lejos los vi discutir, mi padre hacía señalamientos laxos, mi madre zanjó el asunto. Y se acabó el tema.

Hasta entones noté que mi padre estaba un poco achispado, había bebido. Así que su abstención temporal no había resistido la visita de sus hijos, puse atención al vasito de mezcal que estaba en la mesa, no lo había registrado antes, o no había querido verlo.

Reparé también en que, a los pies de la mesa, mi padre tenía una bolsa con verduras recién compradas, alcancé a distinguir unos chiles, alguna hierba que no pude reconocer. Pensé de nuevo en su deseo de alimentarnos, para eso me había pedido antes las tortillas.

Volví a conmoverme. Mi inseparable emocionalidad, irritante, salvadora, luminosa, jodida, cursi, sagrada.

Esto de vivir con los cables pelados, quién pudiera hacer gala de *la belle indifférence* como un síntoma defensivo.

Sentí de nuevo que la ternura me mordía por dentro. Levanté la mirada y entonces vi un pañuelo rojo, igual al que él llevaba anudado al cuello, pero que descansaba en el respaldo de su silla de madera colocada frente a la mesita de la terraza.

En un arrebato me robé el pañuelo y lo guardé en mi bolso. Quería tener algo de mi papá.

Nadie me vio hacerlo, sólo yo supe que me había robado su pañuelo y sonreí burlándome de mi gesto infantil. Mi habilidad de ladrona de libros en la pubertad me había preparado para esto.

No fingí un ataque de tos porque estaba a punto de tener un ataque de llanto, las ganas de reír habían pasado.

Alcancé a escuchar que mi madre le sugería que nos invitara un mezcal. Invítales a tus hijos un mezcal.

Cómo decirle que no, que no era buena idea, que mi padre era un alcohólico que trataba de recuperarse. Y cómo decirme a mí misma que no, que hay reglas que no son para las situaciones límite como la vez que tus padres se reencuentran luego de tantos años y de tantas guerras.

Fue entonces cuando él sacó un manojo de llaves como si fuera el conserje de algún hotel legendario y se dispuso a abrir una puerta.

Hasta ese momento sólo habíamos estado en la terraza y las puertas de todas las habitaciones que componían aquella especie de finca permanecían cerradas.

Metió una de las llaves en un cuarto de unos cien metros cuadrados, ahí guardaba mi padre su mezcal. Nos sorprendimos cuando vimos lo que había dentro de aquel cuarto, se trataba de una capilla privada; al fondo, un altar con un Cristo crucificado, flores, velas, unas cuantas bancas, sillas y reclinatorios para hacer oración. Una capilla.

Semivacía, pero, al mismo tiempo, tenía un aspecto lujoso. No parecía sucia ni abandonada, era claro que le daban un uso constante, se podía percibir el aroma de las velas utilizadas recientemente.

¿Quién tenía una capilla privada sino alguien que necesitara entenderse con Dios sin necesidad de bajar a la iglesia del pueblo?, ¿quién podía pagar el lujo de una capilla particular, de unos gallos de pelea, de aquellas hectáreas de sembradío, de vivir en ese cómodo aislamiento?

Un pitido me estalló en el oído izquierdo.

Aquello terminaba de confirmar mis sospechas, mi padre debía estar cuidando la guarida de un narco, un lugar de refugio, una casa de operaciones.

Lo miré con otros ojos. Rey y mendigo. Un pobre diablo, sí, pero era el pobre diablo de un demonio poderoso.

Sacó el galón de mezcal y volvió a cerrar la puerta. No abrió ninguna otra.

El nerviosismo de todos se olfateaba en el aire.

Lo miré de nuevo.

¿Para qué quería el silbato si no era para dar un pitazo cuando fuera necesario?, ¿por qué aquella secrecía con la ubicación del campamento?

El campamento. El silbato. Los constantes cambios de domicilio. El trabajo a modo en el enorme almacén de aquella frutería que seguramente alojaba más que naranjas y aguacates.

Eran demasiadas preguntas, demasiadas ideas.

Todo me repelía, todo era un misterio. Tuve miedo. Me pregunté si aquel encuentro con sus riesgos implícitos pagaba el esfuerzo hecho para encontrarlo.

Y de nuevo vi algo que no había querido ver al principio: no estaba solo, un compañero suyo, más joven, alto y flaco, rondaba por ahí.

Así que no estábamos a solas con mi padre.

Miré otra vez su cuchillo fajado al cinto, pensé en aquella historia que tantas veces escuché de la pistola con que mi padre golpeó una vez a mi mamá, de la otra pistola que le robó a mi padre mi hermano Otilio cuando era un niño; claro, tenía que ser un hombre de armas hoy si lo había sido entonces.

Sentí una urgencia que me hizo levantarme como un resorte de la silla en la que estaba sentada y pensar en salir. Había que salir antes de que la pistola ¿imaginaria? de Chéjov se disparara en el corazón de esta historia.

Mis hermanos concluyeron o temieron lo mismo que yo, lo supe porque en cuanto empezó a bajar la temperatura y a meterse el sol, dijimos casi en coro que había llegado la hora de irnos, argüimos que estábamos cansados de las horas en la camioneta, de la desmañanada, que había que volver porque al otro día regresábamos a la Ciudad de México.

Lo cierto es que habíamos comprendido que la noche era más peligrosa en ese lugar que en la carretera. Habíamos ido a meternos a la mismísima boca del lobo. Y el guardián de la boca del lobo era mi padre.

Mi papá era la guardia pretoriana de algún mando medio de Los Caballeros Templarios, o de La Familia Michoacana, o de Los Viagra o vayan ustedes a saber porque yo no quise saberlo. Ahí estaba el color púrpura de Porfirio destinado a los altos mandos de la guardia romana. Porfirio cuidaba la propiedad —y todo lo que esos cuartos cerrados contenían— de algún miembro del narco.

Tenía que ser eso, o estábamos alucinando.

Comenzaron las palabras de despedida y esa danza de dar vueltas en redondo que ejecutamos los seres humanos cuando queremos irnos pero queremos quedarnos.

Ya nos vamos. Bueno, ya nos vamos. Ahora sí, ya nos vamos.

Me pareció que la cara de mi padre se entristecía. Empezamos a caminar hacia donde habíamos dejado la camioneta y entonces dijo:

Qué bueno que vinieron a verme porque soy su padre, y ya me voy a morir.

Mis hermanos bromearon, la declaración hacía gracia porque se veía tan sano, tan entero, tan fuerte, que era imposible pensar en su muerte. Tenía setenta y un años y, tiempo después, yo descubriría que estaba a días de cumplir setenta y dos ese mismo mes de diciembre.

No era gordo ni se movía lento, no era un desvalido tirado en la esquina del pueblo, tenía todos los dientes, andaba aseado y hasta parecía que recién hubiera planchado los pantalones porque se distinguía la línea bien marcada a lo largo de las piernas. Probablemente se habría afeitado esa misma mañana, se le veía la cara limpia.

No, no podía ser que estuviera a punto de morir. Ni su frase ni mi vaticinio parecían tener el menor sentido viéndolo ahí, de una pieza.

Me alegré pensando que mi profecía había fallado, al hombre que tenía delante de mí seguramente le quedaban unos buenos años de vida, como fuera que él quisiera vivirlos.

Larga vida, papá. Así que no eres un monstruo, criatura desventurada.

Nos abrazamos con unos abrazos menos esquivos que al principio pero igual de temblorosos, y subimos a la camioneta. Cuando ya estábamos los cuatro hermanos dentro, mi mamá nos pidió que la esperáramos y regresó ella sola a la casona.

La vi pararse frente a mi padre, hablar como dos jefes de una tribu, como una Titania y un Oberón a punto de desatar tormentas.

Se veían cargados y ceremoniosos.

Luego mi madre tomó entre las suyas la mano derecha de mi padre y la sacudió como en un gesto político.

Frente a mis ojos se pactaba la amnistía de todos los delitos de sangre, de la sangre familiar.

Esperar cuarenta años para ver eso, para verlos darse la mano.

Para reconocerla a ella, entera, vital, decidida, temeraria, un poquito desequilibrada, fiera amorosa, furia destemplada.

Y para descubrirlo a él: ni débil ni verdugo, ni inhumano ni criatura de otros mundos, ausente sí pero no distante, torpe y amoroso, pocos huevos también, conmovedor, seguramente criminal, libre y endeudado.

Por fin mi madre caminó hacia nosotros y subió a la camioneta. Arrancamos, listos para emprender el viaje de regreso.

Metí la mano a mi bolso buscando el pañuelo rojo para cerciorarme de que lo llevaba; ahí estaba, lo acaricié como en un acto reflejo y miré por la ventanilla la figura de mi padre que iba haciéndose pequeña.

Adiós, papá.

XXII. El regreso

Al día siguiente nos pusimos en camino a la Ciudad de México. El silencio de mi madre era como un silencio de resonancia gelatinosa, como si pudiéramos oír todo lo que no decía, como si estuviera llena de tal escándalo líquido que se salía de su cuerpo sin necesidad de abrir la boca.

Nadie se atrevió a preguntarle nada.

Algo se había descompuesto en nuestra narrativa, las proyecciones que ahora tenían rostro alteraban el estado anterior de todo, era como si la realidad hubiera venido a estorbar las fantasías, a desordenarlas, a sacarlas de su existencia organizada.

Era 21 de diciembre cuando entramos a la ciudad donde todo eran luces, renos, santacloses y gente con bolsas de compras bajo el brazo. Anticipé que tendríamos una Nochebuena particularmente extraña. Y así fue.

Las reuniones familiares para la cena navideña siempre son un festín de complicaciones, reclamos velados, risas y demostraciones de cariño que necesitan salir porque los seres humanos necesitamos contarnos la vida en ciclos. Diciembre como último mes del calendario con todos sus rituales existe para que podamos sentir que algo termina y que luego podremos volver a empezar. Las Saturnalias, el invierno que cierra y abre. Pero en aquella ocasión nuestro invierno tenía más pinta de caos por venir que de ciclo cerrado.

Es asombroso cómo el silencio se resiste a abandonar los vínculos cuando se ha instalado entre ellos como su articulación motora. Hay relaciones que sólo funcionan y se mueven a partir del silencio.

La familia es el organismo favorito del silencio, y es peor que un muro con humedad o una plaga de hormigas cuando se empeñan en destrozar una casa. Peor que un cáncer silencioso que hace metástasis para destruirlo todo justamente porque nunca hizo ruido mientras avanzaba.

La noche del encuentro con mi padre no hablamos de lo que habíamos vivido, tampoco hablamos demasiado en la camioneta cuando tomamos la carretera de regreso; y el 24 de diciembre, en la cena navideña, había una pauta en el aire que pedía que no tocáramos el tema.

Pero si ahí estábamos todos, los hermanos que habíamos ido al viaje y los que no, si ahí estaba también mi madre, incluso mi tía, su única hermana y testigo de los primeros años de la relación entre mis padres, ¿por qué no aprovechar para poner el tema en la mesa y conversar a fondo?

Imposible.

Las familias pueden callar por siglos y convertir en rupturas, ausencias, depresiones, trastornos de ansiedad, artritis degenerativas, obesidades mórbidas o guerras mundiales el pacto de silencio sobre el que dos apellidos firman y se unen "hasta que la muerte los separe". Escalofriante sentencia porque la promesa no es de amor, sino de destrucción.

Todas las familias tenemos un pilar en el silencio. Por eso Shakespeare sigue siendo universal.

Lo sé, demasiado Shakespeare. No puedo evitarlo.

En algún momento de la Nochebuena alguien dijo que había que comprar pilas para no sé qué cosa, mi madre se levantó para ir a la farmacia, aproveché y me le colgué del brazo sin preguntarle si podía acompañarla. Necesitaba estar a solas con ella.

Cuando caminábamos en la calle se puso a hablar sin que yo le preguntara.

Sin mayor preámbulo me soltó esta declaración:

—El papá de ustedes no siempre fue así. Empezó a tomar cuando tu hermana se quemó, antes de eso era muy trabajador, pero luego, ya ves, el maldito alcohol. Si ustedes lo quieren, deberían hacer algo por él y mandarlo a eso de Alcohólicos Anónimos o una de esas clínicas de recuperación. No creas que no sé lo que es, al principio yo también me puse a tomar y me quería morir, una noche me lancé desde lo alto de una colina pero no sé por qué no me pasó nada, puros raspones, luego de eso regresé y decidí que lo de la bebida se acababa. Lo hice por ustedes. Y ustedes deberían de ayudar a su papá, es muy triste una persona que está enferma de eso.

Me quedé rígida en mitad de la calle.

¿Qué me estaba diciendo mi madre?, ¿qué me estaba pidiendo?, ¿qué me estaba revelando?

Era la primera vez en toda mi bendita existencia, la primera, que mi madre decía algo bueno de mi padre.

La primera vez que matizaba su abandono, la primera vez que no era sólo un inútil que no había podido con el paquete, la primera vez que, incluso, mi madre sugería que tuviéramos un gesto amoroso con él.

Me sorprendió la revelación con la que por fin me daba un dato puntual en la historia, me cimbró imaginarla a ella saltando para quitarse la vida, me conmovió que, a pesar de todo, mi madre albergara ese sentimiento compasivo hacia mi padre. Y también me enojó que no dijera eso delante de todos, que me lo dijera sólo a mí que ya cargo con el sarcasmo "el papá de Alma" que me recetan a cada rato mis hermanos para demostrar que no comparten conmigo mi disposición de ánimo hacia él.

Pero yo siempre he resonado con el lado compasivo de mi madre, y no pude sino sentir un profundo pesar por ese hombre que era apenas un muchacho de veinticuatro años cuando su hija dejaba la piel en pedazos en la cama de un hospital y él se mantenía al pie de esa cama frente al rostro ennegrecido por el humo y deformado por las quemaduras de su pequeña. Un muchacho que también cargaba ya con la muerte de su primogénito, mi hermano Martín.

No sé de qué depende la fortaleza de espíritu, no sé dónde radica la resistencia del alma, no entiendo por qué hay tragedias que reducen a estados miserables a algunas personas mientras que otras se imponen a ellas y no sólo las superan, sino que las transforman en estados luminosos.

No sé de qué está hecha mi madre que lo resistió todo y regresó de la locura y del intento de suicidio para hacerse cargo, no sé de qué está hecha esa mujer que hoy, lejos de aquella Virgen de la Amargura que alguna vez fue, tiene una fe y un buen ánimo que arrebatan.

Virgen de la Resistencia, ruega por nosotros.

Virgen de la Alegría, ruega por nosotros.

Virgen del Perdón, ruega por nosotros.

Cuando volvimos con las pilas que habíamos salido a buscar, le dije que era muy complicado internar a una persona contra su voluntad para un proceso de desintoxicación, más difícil si esa persona tenía setenta y un años y vivía en La Mira, Michoacán, halconeando la casa de unos capos del narco.

Pero también le dije que la entendía, que tenía razón, que compartía la compasión con ella y que, tal vez, buscaría la manera de intentarlo. Mentí, no tenía ni tuve nunca la menor intención de llevar a mi padre a una clínica de recuperación, para eso no me daba la resistencia del alma.

No volvimos a tocar el tema de mi padre aquella noche.

Mis hermanos y yo cantamos canciones de Juan Gabriel en el karaoke, cenamos y nos divertimos jugando como cachorros en el patio.

No cabe duda que es verdad que la costumbre es más fuerte que el amor.

XXIII. El tatuaje rojo

Era primero de marzo del año 2017. Habían pasado dos meses y medio desde el encuentro. No habíamos vuelto a hablar con él ni de ello.

Haber visitado a mi padre redujo mi ansiedad notablemente. Sentía que, de algún modo, esa visita había descartado la fantasía de su muerte. O conjurado el vaticinio del búho en mi sueño, que el imaginario desbordado durante cuarenta años por fin conversaba con el perímetro de la realidad y aquello recomponía el universo desde la razón. Eso me daba calma.

Nuestras vidas volvieron a su cauce cotidiano. Hacía días que yo había empezado a dibujar el pañuelo rojo de mi padre en mi cuaderno de trabajo.

Ahí, mezclado con mis listas de pendientes, con mis anotaciones de compras pendientes, con cuentas y números de facturas, empecé a repetir el trazo de un cuadrito rojo que se fue haciendo cada vez más grande.

Rojo con adornos blancos, rojo con la orilla negra, rojo con estrellas.

Rojo como la sangre, rojo como mi color favorito, rojo como todos los automóviles que había tenido y que imaginaba como carros de guerra. Rojo como la ira roja de Jack London.

Rojo como el amor.

La idea de hacerme un tatuaje que simbolizara ese pañuelo había venido unos días antes, y entre llamadas telefónicas y resolver asuntos de trabajo fui modificando la imagen que dibujaba distraídamente hasta que logré una figura que me gustó.

Ese primero de marzo tenía cita con un tatuador colombiano que había tatuado a una amiga. Ella me acompañó y se sentó junto a mí mientras él hacía su trabajo en la piel de mi muñeca izquierda, en la cara interna, donde suele tomarse el pulso.

No era mi primer tatuaje, tengo ya otros tres en el cuerpo, pero cómo dolió. El pigmento rojo es el más agresivo con la piel, además mi diseño requería un relleno total de color y la aguja pasaba y repasaba incontables veces por la misma zona que no dejaba de sangrar.

Salí de ahí sintiendo que la piel me quemaba, la hinchazón llegaba hasta el dorso de la mano, dolía en serio; con ninguno de los tatuajes anteriores había tenido una reacción así. Le propuse a mi amiga que fuéramos a tomar un vino, lo único que quería era olvidarme por un rato de tantas intensidades.

El proceso de adopción que había iniciado diez meses antes estaba estancado; luego de tomar un taller de maternidad adoptiva tras otro y de llenar incontables formularios, lo que seguía era buscar una entrevista para conseguir una evaluación que dijera que soy una persona de emociones y cartera solventes, pero además conseguir nueve cartas firmadas que avalaran mi capacidad moral y económica. A mí me parecía una ironía finísima que quienes buscan ser madres por vía de la adopción deban pasar tal escrutinio mientras que la maternidad biológica es incuestionable, tan promovida y adorada socialmente, que el aborto sigue siendo castigado.

Si quieres ser madre por adopción, estás a prueba y serás siempre observada.

Si no quieres ser madre biológica y abortas, serás siempre señalada.

Si eres madre biológica, debes inmolarte hasta lograr la canonización.

Opinión, ninguna gana; cuánta razón tenía Juana Inés.

174

En fin, que antes de confirmar la cita para la evaluación, recibí una guía con el tipo de preguntas que vendrían. La primera pregunta consistía en relatar qué experiencias emocionalmente importantes habían ocurrido en mi vida los últimos seis meses.

Me reí: en los últimos seis meses había vivido una separación amorosa, me había cambiado de casa, y había visto a mi padre luego de treinta años de ausencia.

Pensé que lo mejor sería posponer la entrevista. No era tiempo, había mucho que acomodar en el interior.

Pero lo cierto es que, además de aquel razonamiento sensato, algo en mi deseo de ser madre soltera había cambiado luego de ver a mi padre, luego de conocer detalles de la historia que mi madre no me había contado antes. ¿De veras quería criar un hijo o una hija yo sola?, ¿y por qué no había lugar para la posibilidad de criarlo en pareja? Es decir, ¿no podría ocurrir también que conociera a un compañero que quisiera compartir la paternidad conmigo?

De todo aquello hablamos frente a la botella de vino mi amiga y yo mientras mi mano se iba hinchando como sapo.

Desde luego no le ayudó a mi piel irritada haberme bebido esas copas, pero por un rato olvidé el malestar.

Cuando me fui a dormir, la sensación punzante y el miedo de que se formaran ampollas en un proceso infeccioso derivó en un sueño dolorosamente vívido.

Veía a mi hermana siendo una niña, envuelta en cobijas negras, percibía el olor a quemado, mi padre la cargaba mientras avanzaban en aquel caballo blanco. De pronto, mi hermana era yo sintiendo la respiración de mi padre que me sujetaba y trataba de aliviarme el dolor soplando aire fresco sobre mi piel, en el sueño escuchaba la voz de mi madre con esa misma sentencia demoledora que años atrás me había dicho: los hijos no duelen, los hijos queman.

Desperté sintiendo que me había tragado un bloque de hierro ardiendo. Me dolía el pecho, la garganta, me dolían mi madre, mi padre y mi hermana. Como nunca.

Me levanté a revisar el tatuaje, la piel seguía hinchada pero no parecía que se estuvieran formando ampollas. Volví a la cama pensando que el día que se quemó mi hermana también se quemaron mi mamá y mi papá por dentro.

Y todo el rojo de la ira hacia mi padre se convirtió en compasión.

Simplemente él no pudo con tanto, y yo simplemente no podía seguir enojada. "El papá de ustedes no siempre fue así, empezó a tomar cuando tu hermana se quemó", lloré hasta quedarme dormida y entonces soñé una especie de memoria infantil.

Cuando era niña evitaba pisar las superficies de mármoles estriados y colores rosáceos porque me recordaban la piel erosionada por las quemaduras de mi hermana. Algo en la textura del mármol de las escaleras del Metro, por ejemplo, me hacía evocar la piel casi evertida con las quemaduras. Y no quería pisar esos mármoles porque imaginaba que podía dolerles.

En el sueño me veía andando de puntitas para no lastimar esos colores. De pequeña todo lo que tuviera cierta textura de piel viva me provocaba una reacción inquieta: los gajos de toronja pelados a mí me parecían fragmentos de piel desprotegidos; el color rojizo que resultaba del tajo en un mamey me hacía apretar los dientes porque imaginaba el dolor del fruto desangrado.

Sigue Siri Hustvedt elaborando sobre la sinestesia del tacto espejo: "También manifiesto una fuerte respuesta a los colores y la luz. Por ejemplo, durante un viaje a Islandia iba en un autobús mirando por la ventana el extraordinario paisaje desprovisto de árboles y entonces pasamos junto a un lago que tenía un color inusual. El agua era verde azulada pero de una palidez glacial. El color me provocó una violenta impresión, como si me golpearan. El escalofrío me recorrió el cuerpo entero y de pronto me vi resistiéndome a aquel color, cerrando los ojos y agitando las manos en un intento de quitarme de encima aquella tonalidad intolerable. Una señora que iba sentada a mi lado me preguntó qué me pasaba. 'No puedo soportar ese color', le contesté, 'me hace daño'. Como era de esperar, se quedó perpleja. La mayoría de la gente no se siente atacada por los colores (…) También suelo sentir los ruidos en mis dientes. Un sonido puede hacer que me duelan, me rechinen o me zumben hasta la encía misma (…) La respuesta se halla en las neuronas espejo. Una de las teorías apunta a que dichas neuronas muestran hiperactividad en algunas personas. Mucha gente siente un gran alivio al descubrir que una característica que les había acompañado toda la vida tiene un nombre, pertenece a una legítima categoría científica y es parte de una taxonomía importante de enfermedades y síndromes (…) La sinestesia de tacto espejo es un fenómeno descrito y acuñado recientemente y, se supone, raro de encontrar. Yo tengo la impresión de que, ahora que ha sido diagnosticado de forma oficial, empezaremos a aparecer montones de personas que presentamos los mismos síntomas y que superaremos con creces los casos que habían presupuesto los investigadores. Después de todo, el meollo de esta afección radica en la empatía, y la empatía es variable en los seres humanos".

Volví a despertar, busqué el pañuelo y juraría que pude sentir en su tacto los latidos de la carótida de mi padre. Sinestesia de tacto espejo o pura emocionalidad desbordada, a saber.

Me acosté en el sofá, pude conciliar nuevamente el sueño aferrada al pañuelo rojo.

Rojo como el amor.

XXIV. Caballo viejo

Cuando ponga un pie en el silencio, significará que mi padre ha desaparecido para siempre, dice Paul Auster en *La invención de la soledad.*

Ese temor es atávico, tan poderoso, tan implacable como el origen.

No queremos que nuestros padres desaparezcan, no queremos que nuestro origen se borre. Y nos reproducimos o nos tatuamos o escribimos libros y montamos altares de muertos y ponemos lápidas que duren siglos con sus nombres grabados, o bautizamos a las nuevas generaciones reciclando esos nombres para seguir invocándolos *ad infinitum.*

Yo escribo para que mis padres no desaparezcan.

Y me tatúo para que cuando yo desaparezca, me acompañen en el viaje de la descomposición de la carne, para saber que somos uno. Otra liturgia personal, otra herejía.

Anatema.

Los padres queman.

Tres días después del tatuaje, el 4 de marzo de 2017, llegó un mensaje al chat grupal en el que nos comunicamos los hermanos. Era de Otilio, uno de los que habían hecho aquel viaje conmigo.

—Les tengo noticias: Porfirio murió hoy en la mañana, me acaban de avisar.

El oráculo se había cumplido.

Lo sabía, susurré mientras miraba mi mano todavía punzante y dolorida.

La conversación en el chat siguió. Algún "pinche Alma, eres bruja", pasó frente a mis ojos. Pero yo no estaba ahí, estaba dos meses y medio atrás, viendo como en una *road movie* aquel recorrido que habíamos hecho hasta llegar delante de mi padre.

Dejé el teléfono, busqué el pañuelo rojo y salí al balcón, cerré los ojos unos segundos y aspiré la tela, aún conservaba un ligero aroma a sudor, un poco agridulce.

Desde la calle me llegó un olor a marzo, a mango manila, a jacarandas en flor, a maíz. Abajo, un tianguis rezumaba vida como en aquel mercado michoacano, la gente hablaba sin parar, desde arriba pude ver los colores de las frutas en una réplica infinita de sí mismas, sonaba "Caballo viejo" a ritmo de salsa desde la bocina del vendedor de tortillas.

Pensé que me hubiera gustado decirle a mi padre en aquella llamada que no habíamos comido, llevarle las tortillas, verlo servirnos el plato, probar aquel guiso para el que había comprado las verduras con las que nos estaba esperando.

Cuando el amor llega así, de esta manera
Uno no se da ni cuenta
El carutal reverdece
Y el guamachito florece
Y la soga se revienta.

Algo me incomodaba en el cuerpo, tenía que salir de mi casa cuyas paredes parecían haberse estrechado hasta apretarme el esternón.

Salí, quería que la calle fuera mi capilla, el lugar sagrado para llorar a mi padre.

Sabía que la calle podía darme consuelo porque andar por esta ciudad reconecta con la vida como un laberinto de incertidumbre; andar por esta ciudad es, sobre todo, no saber.

No saber a qué hora llegarás a tu destino ni cuál calle amanecerá rota o en obra, no saber si el tránsito avanzará o se detendrá, si te tocará un concierto apoteósico de vendedores en el semáforo.

Andar por esta ciudad es no saber cuál milagro de la comida callejera encarnará frente a ti para darte la comunión con sus sagradas quesadillas, tlacoyos o tortas de tamal.

Aquí se puede sobrevivir mamando la leche nutricia lo mismo en atoles de maicena que en tepaches, pulques, mezcales y licuados todopoderosos con plátano y un huevo crudo en algún insalubre puesto callejero de toldo anaranjado.

Y yo quería eso. Quería volver a sentirme la muchacha de pueblo que desaparece devorada por la vitalidad de la gran capital.

Caminé por el camellón de Alfonso Reyes y luego por Mazatlán, seguí hasta Durango y luego tomé Reforma; tenía intención de comprar unas veladoras blancas para encenderlas a la memoria de mi padre, podía comprarlas en un lugar cercano pero es que no quería volver a mi casa. Así que entre semáforos, puestos de comida, olores a fritanga, un claxon tras otro, gritos, flores y voceadores de periódico avancé como continuando aquella búsqueda *on the road*, sintiendo que el pecho me explotaba de emociones nuevas, desconocidas.

Si sentía ganas de llorar, lloraba bajo mis gafas oscuras, luego me reía con ganas cuando comprobaba que en esta ciudad lo mejor para esconderse es exponerse a plena luz del día y mezclarse con las multitudes.

¿Quieres llorar donde nadie te vea?, sal a las calles de la Ciudad de México, no pares hasta llegar al centro, corre hasta llegar al zócalo, y rómpete frente al Templo Mayor. Qué buen lugar para llorar es la Gran Tenochtitlan.

Me reventaba el alma de gratitud.

No podía nombrar de otra manera lo que sentía.

Qué bien haber atravesado las carreteras michoacanas para verlo, qué bien haber seguido el impulso. Qué bien saber que él también me buscaba. Que él también nos buscaba.

Su muerte comprobaba que la búsqueda era mutua, había una comunicación más allá de lo explicable que nunca se había roto entre nosotros.

Cuánto sentido cobraba esa frase barata de motivación personal: lo que buscas también te está buscando.

Estaba tan contenta porque imaginaba lo mal que estaría con este mismo desenlace si al sentir el impulso de buscarlo presintiendo su final, me hubiera negado a mí misma la posibilidad de hacerlo y ahora me enterara de su muerte. Aquel escenario habría significado una culpa insoportable; pero lo había buscado y lo había encontrado y ahora sentía una gratitud transparente.

Me paré en la Plaza de la Constitución, levanté la cara y vi el cielo azul, mientras un calor que casi licuaba los edificios me quemaba las plantas de los pies. Y me reí a carcajadas pensando que había dejado de sentirme huérfana precisamente el día que murió mi padre.

Quererse no tiene horario, ni fecha en el calendario.

Cuando el amor llega así, de esta manera.

XXV. Infarto al miocardio

Mi euforia de gratitud se vio opacada cuando la muerte empezó a convocar sus trámites funestos, infames, reveladores de tantas miserias, aferrándose al pedestre mundo que habitamos para que el alma no vuele.

Así que mi padre murió de un infarto cerca de las once de la mañana del día 4 de marzo del año 2017.

La madre de Carlos René, aquel que hiciera de nuestro Virgilio en el viaje, fue quien le avisó a mi hermano.

Anticipando su muerte, mi padre había comprado un pedazo de tierra en el cementerio, pero no había tenido tiempo de pagar los gastos funerarios, también había que comprar un ataúd y nadie sabía dónde guardaba el dinero. Para mí era incuestionable que nos tocaba a sus hijos pagar lo que hiciera falta.

Pero no todos mis hermanos pensaban igual.

Pues sí, toda literatura y toda guerra nacen en el corazón de una familia.

Todos somos hijos del mismo padre pero todos tenemos un padre distinto.

Me descolocó descubrir eso, que a algunos de mis hermanos les pesaba pagar el entierro de mi padre porque "él no nos dio nada".

Me repetí que cada quien tenía derecho a interpretar su versión de la historia, a escribir su propia novela. Así que me mordí la lengua, escribí y borré mensajes que no mandé al chat grupal. Era tan válida su postura como la mía, tan legítimos sus sentimientos como los míos, por más que a mí me doliera que no quisieran reconciliarse con él.

Virgen de la Reconciliación, ruega por nosotros los rencorosos ahora y en la hora de nuestra muerte. Amén.

Finalmente cubrimos los gastos los hijos que quisimos aportar, no todos; hicimos una transferencia a la cuenta de la madre de Carlos René y días más tarde nos envió el acta de defunción de mi padre.

Ese documento era un desastre que se empataba con el desastre de mi acta de nacimiento.

Se me encogió el vientre cuando leí que prácticamente todas las respuestas estaban en blanco. En todo el documento había sólo cuatro campos con los datos completos: el nombre, la fecha de nacimiento, la fecha de defunción, y la causa de muerte.

Datos del finado: Porfirio Murillo Carrillo.

Fecha de nacimiento: 29 de diciembre de 1944.

Fecha de defunción: 4 de marzo de 2017.

Causa de muerte: Infarto agudo del miocardio.

Datos de la cónyuge:

Datos de los padres:

—

—

—

Todo lo demás eran líneas en blanco.

Todo lo demás era un vacío que redondeaba esta historia de nombres heridos y apellidos avergonzados.

Así como nosotros, durante tantos años, no tuvimos un nombre para llenar en los formularios en cada "nombre del padre", "ocupación del padre", ni qué responder con cada "a qué se dedica tu papá"; él ahora no tenía nombre de la cónyuge, ni el nombre de sus hijos para que se llenaran los datos en ese papeleo oficial.

Al menos en ese documento, parecía que mi padre moría huérfano de familia.

La vida y la muerte tejiendo ironías, qué triste epílogo para una vida triste. De padre refinado, por fin, a padre finado. Ahora sí.

Finado.

Finito.

Terminado.

El universo asegurándose de que nunca falten los chistes en los velorios o en los entierros.

Morirse es un trámite que revela con absoluta nitidez una parte de nuestras vidas, es una última manifestación de carácter. Esa acta de defunción relataba —como mi pasaporte— las irregularidades de la vida de mi padre, relataba que no había sido miembro de una familia feliz, de ésas de las que habla el poeta Fernández Retamar.

Felices los normales.

¿Cuántos normales y cuántos felices cabrán como adjetivo en las familias?, ¿cuántos serán los que no tuvieron una madre loca, un padre borracho, un hijo delincuente?

¿Existen o son sólo un mito repetido incansablemente por generaciones?

XXVI. Muérete lejos de nosotros, papá

Morir de un infarto es doloroso y angustiante. El dolor en el pecho, en el brazo, la sensación de no poder respirar deben ser muy agobiantes.

En el mejor de los casos puede ser muerte súbita. Ojalá que haya sido el caso de mi padre. Aun así, creo que debió ser duro y me descompone saber que murió asustado, sin nadie que lo ayudara porque, según contó mi prima, lo encontraron dos horas después de su muerte tirado bocabajo en aquella terraza donde lo habíamos visto un par de meses atrás.

Ya. Ya sé que así lo eligió.

Pero cuando mis hermanos alegaron no estar dispuestos a pagar los gastos funerarios porque él no había pagado nada nunca, yo pensé que sí que pagaba y nos pagaba bien muriendo lejos, en silencio, sin avergonzarnos con el triste espectáculo de su alcoholismo, sin condenarnos a cuidarle una larga enfermedad, sin heredarnos deudas ni enemigos.

Cuando leí este poema de Manuel Vilas en la novela *Ordesa*, pensé que era también un poema escrito para mi padre:
Papá
No bebas ya más, papá, por favor.
Tu hígado está muerto y tus ojos aún son azules.
He venido a buscarte. Mamá no lo sabe.
En el bar ya no te fían.
Iban a llamar a la policía,
pero me han avisado a mí antes,
por compasión.

Papá, por favor, reacciona, papá.
Hace meses que no vas a trabajar.
La gente no te quiere, ya no te quiere nadie.
Muérete lejos de nosotros, papá.
Nunca estuvimos orgullosos de ti, papá.
Por favor, muérete muy lejos de nosotros.
Nos lo debes.
Siempre estabas de mal humor.
Casi no te recordamos, pero nos llaman del bar.
Vete lejos, nos lo debes.
Es el único favor que te pido.

XXVII. El nuevo fantasma de mi padre

A veces creo que todos somos Hamlet invocando al fantasma de nuestro padre sin importar si está vivo o muerto. Podemos pasar la vida hablando con ese fantasma, viviendo para ese fantasma sin siquiera darnos cuenta.

¿Cómo escapar del destino que dicta "honrarás a tu padre y a tu madre"?, ¿cómo evitar que la vida sea un eterno homenaje a papá y mamá?

Hacerse adulto implica cometer una larga lista de asesinatos psicológicos: hay que dar muerte a parejas, amigos, creencias de origen. Es un recorrido ineludible pero no por ello menos doloroso.

Pocas pruebas en el camino del héroe como estar dispuestos a cometer ese parricidio y matricidio emocionales para construir la propia identidad porque un padre o una madre pueden gobernar la vida de nosotros, sus hijos, con una sola frase, con una sola sentencia que se convierte en secreta ley interna.

Ese "me sacrifiqué por ti y estás en deuda conmigo" que nos dicen de tantas maneras, cala profundo y más allá de la muerte.

¿Qué es exactamente estar en deuda con los padres y cómo y cuándo se cubre ese saldo pendiente?, ¿hay forma de liquidar semejante cuenta por pagar?

Será que no nacemos libres sino endeudados.

Luego de la muerte de mi padre y de transformar aquella sensación de abandono en gratitud por el sacrificio, empecé a sentirme tan en falta por no haberlo acompañado en el momento de su muerte, que su fantasma comenzó a acecharme y tuve un sueño en el que un grupo de hombres, en una ceremonia, me acusaban de haberlo matado. Ante mí se ejecutaba un ritual en el que una especie de sacerdotes elevaban su cuerpo semidesnudo para dejarlo caer brutalmente sobre una piedra.

Entonces gritaba con todas mis fuerzas que yo no lo había matado, que lo habían hecho ellos. Y de pronto mi padre, notablemente rejuvenecido, volvía a la vida, se levantaba de la piedra y les hacía ver que yo tenía razón, que estaba vivo, y así el grupo de hombres que me tenía retenida me liberaba.

Duré cerca de un mes soñando eso con diferentes variables; en algunas, luego de resucitar, mi padre me entregaba una maleta que iba cambiando de tamaño y forma. Y en otras, después de levantarse de la piedra, caminaba conmigo hasta una carretera donde, antes de desaparecer, me alertaba para que no me moviera pues una estampida de caballos venía corriendo hacia mí y podían arrollarme. Yo sentía la fuerza de los caballos corriendo junto a mi cuerpo, haciendo al viento rugir y la tierra vibrar por segundos, luego me sorprendía del milagro de que cruzaran el camino conmigo a mitad de la carretera, sin haberme tocado un pelo; cuando buscaba a mi padre para darle las gracias por haberme alertado, sólo veía la polvareda que habían levantado los caballos.

Pasé noches y madrugadas preguntándome si no sería verdad que yo lo había matado.

"Yo soy el alma de tu padre, condenada por cierto tiempo a andar errante de noche y a alimentar el fuego durante el día, hasta que estén extinguidos y purgados los torpes crímenes que cometí", dice la sombra de su padre a Hamlet. Y más adelante, a punto de despedirse, le pide a su hijo: ¡acuérdate de mí!

La respuesta de Hamlet es conmovedora: "¡Que me acuerde de ti!.. si borraré de las tabletas de mi memoria todo recuerdo trivial y vano, todas las sentencias de los libros, todas las ideas, todas las impresiones pasadas".

Así estaba yo, incapaz de pensar en otra cosa.

Ahora además me pesaba anticipar que, en el orden natural de los ciclos, la siguiente en morir podría ser mi madre.

Y me sorprendía descubrir que todo lo ocurrido me hacía pensarme como una nueva adulta, una adulta sin remedio.

Éste es el embate inevitable: nos hacemos adultos cuando mueren nuestros padres. No importa la edad que tengamos, no importa la relación que hayamos tenido con ellos, no importa la causa de la muerte. Cuando ellos no están el cielo se convierte en un Saturno amenazante que ha devorado la primera línea de sus hijos y que luego vendrá por nosotros. Comprenderlo es lapidario y, al mismo tiempo, profundamente esclarecedor, acaso la única vía para cosechar el fruto de la perspectiva.

Yo lo comprendí leyendo el acta de defunción de mi padre.

No sabía que mi acreditación de adultez me la daría esa muerte, pero así fue.

Una mañana, muy temprano, serían las cinco, desperté del sueño repetido en el que se me acusaba de haberlo matado. Y comprendí: sí, yo maté a mi padre. Al del símbolo apócrifo, mal construido.

Sentí un latigazo cuando me lo dije. Yo maté a aquel padre de la leyenda de hombres débiles que abandonan por desamor.

El que renace y me da la maleta para el viaje pendiente, el que me alerta para no ser embestida por los caballos, ése es el padre que ahora vive en mí porque, en efecto, el otro está muerto.

Caminé hasta mi balcón, silencioso a esa hora, y miré el inmenso árbol cuyo follaje casi cruzaba el cristal de la ventana, me pareció que algo se movía. Entonces vi que un halcón Harris estaba parado en una rama; distingo bien el color rojizo, las plumas hasta una parte de las patas y la forma del pico porque algunos años estuve cerca del trabajo de las Unidades de Manejo Ambiental y observé muchas aves. El halcón se quedó ahí unos segundos, quieto, lo miré sin moverme; luego soltó su silbido característico y voló.

¡Que me acuerde de ti!

XXVIII. Gratia venustas

Un año después, en diciembre de 2017, mi madre me dio las gracias por haber promovido aquel viaje, por haber anticipado la muerte de mi padre.

—Quiero decirte gracias porque pude perdonarlo y despedirme de él, y tú dale gracias a Dios que te dio ese don.

Yo pensaba que debía agradecérselo a la intuición.

Vuelvo a pensar ahora en el libro de Gastón Bachelard, en ese ejemplar de lomo naranja que llegó hasta mí para acompañarme mientras escribía sobre la intuición que tuve de la muerte de mi padre precisamente porque su dueña, Marina, la madre de Rodrigo, había muerto.

Y en cómo Rodrigo y yo conversamos sobre eso volviendo a ponerlos en el mundo de nuevo.

Antes del capítulo primero "El instante", Bachelard pone, a modo de epígrafe, el fragmento de un poema de Samuel Butler:

Habremos perdido hasta la memoria de
nuestro encuentro…
Sin embargo nos reuniremos, para
separarnos y reunirnos de nuevo.
Allí donde se reúnen los hombres
difuntos: en los labios de los vivos.

Rodrigo me cuenta que Marina murió un 12 de marzo, le digo que mi padre murió un 4 de marzo. Hablamos sobre ellos, los ponemos en los labios de los vivos y componemos para nuestros muertos de marzo, más que un adiós, la canción de un reencuentro.

Es la intuición, madre mía, la que aprendí de ti, de tu amígdala en estado de alerta, de tu conexión con el mundo más allá de la razón.

Es la intuición, mamá, no Dios. Eres tú que me enseñaste a reunir, a vincular, "nos morimos de hambre pero todos juntos".

Quise decirle todo eso pero no se lo dije, con las madres no se discute de religión. Lo importante era que ella me agradecía y eso cubría de gracia toda la experiencia vivida, y me hacía testigo de la congruencia de mi madre.

Cuando éramos pequeños nos enseñó a decir gracias. Dábamos las gracias cuando nos hacían un regalo, un cumplido, cuando alguien tenía un gesto amable.

La moneda de la gratitud lo paga todo, hasta la vida. O, sobre todo, la vida.

Mi madre me enseñó que la gratitud es el remedio contra la falta de sentido y contra la amargura.

A ver, sonríe, me dijo mi madre. Y nos desbaratamos en carcajadas.

Me pareció que yo era el cumplimiento de un gozoso misterio, que mis hermanos y yo éramos la encarnación de lo mejor de mi madre y lo mejor de mi padre: una resistencia inusitada para abandonar la vida, una resistencia inexplicable para no renunciar, pese a todo, a la alegría. Y una liberadora capacidad para reírnos de nosotros mismos.

Mi familia me alfabetizó en el humor como lenguaje.

Así como los oficios que se aprenden por generaciones que van del mayor enseñando al más pequeño de una casta cómo hacer zapatos, pan, quesos o balances contables, yo recibí de mi dinastía el aprendizaje de reírme aun en medio de la peor tragedia. Y sé exactamente cuándo lo aprendí.

La primera maestra de esa lección fue mi hermana mayor cuando cantaba "No voy a mover un dedo".

Tener la cara cicatrizada por las quemaduras y subirse al Metro, al camión, al microbús y andar por las calles era una verdadera cruzada contra la incomodidad; habíamos sido testigos de cómo ella sorteaba esas situaciones sonriendo, mirando adelante como si nada sucediera, incluso cuidándonos a nosotras, las más pequeñas, para que no resintiéramos aquella tensión que los mirones provocaban.

No deja de deslumbrarme la capacidad que mi hermana mayor ha tenido siempre para cuidar a otros. Fue ella, cuando ya había dejado los hospitales para recuperarse en casa, quien me cuidó con una delicadeza y una consistencia conmovedoras mientras mi madre trabajaba dos o tres jornadas diarias.

Era mi hermana quien nos llevaba a las más pequeñas a la escuela y nos llenaba la mochila con comida y golosinas para que no pasáramos hambre; era ella quien se aseguraba de que tuviéramos zapatos, era ella quien cocinaba para nosotros cuando tenía apenas doce años. Y siempre lo hizo con alegría.

Cuando pienso en la gratitud que se expande y se reproduce a sí misma en forma de cuidados, se me ocurre que cuidar a otros en la espiral de la gratitud es, en realidad, el amor. Quién sabe, tal vez digo una estupidez del tamaño de una catedral. De cualquier manera nadie sabe ni sabrá nunca qué es el amor.

Y en mi no saber qué es el amor he pensado que mi padre depositó en esa hija a la que cuidó y esperó en las salas vacías de los hospitales, tal cantidad de amor que a ella le alcanzó después para cuidarnos a los otros.

Mi hermana creció sobrellevando las consecuencias de las quemaduras con la cabeza en alto. Una de las experiencias más reparadoras fue su paso por la fundación Michou y Mau donde trabajó casi una década atendiendo a los niños quemados que la fundación canalizaba a diferentes hospitales.

Una mañana me pidió que la acompañara y esperara mientras le hacían un tratamiento de rayos láser para desvanecer, en la medida de lo posible, los bordes de las gruesas cicatrices en su rostro.

Lleva cerca de una docena de intervenciones quirúrgicas, su cuerpo no ha conocido la paz desde que llegó al hospital de Morelia en aquel caballo: extirpaciones, cirugías de urgencia, experimentos de reconstrucción funcional, algún intento fallido de reparación estética en su rostro. En una ocasión intentamos un tatuaje de cejas porque las perdió con las quemaduras, pero su piel rechazó el pigmento, recuerdo la mañana que me llamó, entre carcajadas, para decirme que sus cejas no le habían durado ni dos semanas. Ésa es mi hermana.

Mientras escribo esto ella está por cumplir los cincuenta y tres años y no puedo creer que no esté enojada con la vida, no atisbo en ella el menor resentimiento contra la suerte que le tocó.

Aquella mañana del tratamiento con láser la esperé largo rato, y cuando por fin me llamaron para despertarla de la anestesia, la vi reaccionar de tal modo que sólo pude pensar en un soldado a mitad de una guerra. *I'm like a crazy old soldier...* Acababa de despertar y sus primeras palabras fueron de preocupación por una niña que había llegado la noche anterior con quemaduras en las piernas y a la que había que cambiarle unas curaciones antes de que pasara más tiempo. Una enfermera le informó que ya habían cambiando las curaciones de la niña, entonces mi hermana se quedó tranquila.

Di la vuelta hacia la pared para que no me viera llorar.

¿Cómo era posible que apenas recuperando la conciencia sólo pensara en cuidar a alguien más?

Nunca he visto más valentía que en el cuerpo de 38 kilos de mi hermana, lleno de cicatrices de las llagas que se formaron los cuatro meses que estuvo en coma sin que nadie la moviera de la cama en aquel hospital de Morelia. Eso me despoja de toda vanidad, me calibra la perspectiva de mis tormentos y frivolidades.

A veces no sé ni cómo respirar el ritmo del aliento con el que la observo.

Mi hermana es la gracia de Venus, pienso.

Mi hermana es una obra de arte más valiosa que toda pieza que Morton o Christie's o cualquier casa de subastas pueda ofrecer en el mundo.

Mi hermana es la valentía y la dulzura pasados por fuego.

Y cada vez que recuerdo la consigna de mi madre con la que nos aleccionó cuando éramos pequeños: "siempre den las gracias", me pregunto si sabría lo que estaba invocando. *Gratia, venustas,* invocamos a la gracia de Venus. Decimos gracias y decimos Venus, la belleza, el amor, la alegría de vivir.

Mi hermana es la gracia de Venus.

XXIX. La foto está completa

Mi abuela decía "los hombres siempre vuelven", cuando veía a una mujer sufriendo mal de amores. Movía la cabeza y repetía: siempre vuelven, siempre.

Yo aprendí con los años que tenía razón.

Que mi abuela, como todas las abuelas, ha visto al mundo cuando da la vuelta completa más de una vez y que por eso sabe lo que va a pasar y conoce los hitos de las repeticiones incesantes.

Por eso es que las abuelas son la literatura del mundo.

Las abuelas son la literatura del mundo y casi todos los escritores y las escritoras nacieron sentados en su regazo o rondando el calor de sus faldas, el filo de sus lenguas, la ceguera de sus ojos que todo lo veían, que todo lo reconocían incluso antes de verlo.

Una de aquellas madrugadas en que convalecía luego de que el trolebús me atropelló, mientras mi abuela —insomne como yo— me acompañaba contando anécdotas, me dijo:

—Ni falta que hace, pero tu padre va a regresar cuando ya se vaya a morir. De mí te acuerdas.

Y sí, abuela, de ti me acuerdo, todos los días de mi vida. No hay uno solo que tu boca no hable por la mía, que tus manías no ganen terreno en mi psique, que mis manos no me recuerden cómo se parecen a las tuyas.

Dice Pedro Páramo hacia el final de la novela, viendo caer sus pedazos: "Todos escogen el mismo camino. Todos se van".

Mi abuela le corregiría la plana a Rulfo para agregar que todos vuelven.

También en esto mi abuela tenía razón: como los ríos que regresan a su única fuente, como el epicentro del origen, todos vuelven. Esa certeza, creo, es el milagro de la completud.

Luego de que mi tatuaje por fin cicatrizara, me tomé una fotografía sentada en una mesa y con el pañuelo de mi padre amarrado al cuello mientras en la cintura me ceñía la pashmina amarilla —aquella tan cuidada— que también le había robado a mi madre en el mismo viaje.

Me puse las prendas sin pensar; vestía un mono azul y quería contrastarlo con otros colores brillantes. Tomé la foto sentada en la mesa, era para una entrevista que nunca se publicó, así que me olvidé del asunto por completo.

Tiempo después, cuando se acercaba de nuevo mi cumpleaños, mandé a un grupo de amigas una invitación para celebrar juntas; en la invitación usé esa fotografía donde soy una bebé de un año sentada en el mostrador de la farmacia y mi padre me sujeta con su brazo escondido atrás del mostrador mientras mi madre dispara la cámara.

Entonces caí en cuenta de la similitud de mi foto de adulta con el pañuelo al cuello y la pashmina en la cintura y aquella otra foto. Las puse juntas, una imagen al lado de la otra; cuarenta años después, aquellas dos fotografías me devolvían el milagro de la integración.

Soy mi madre y mi padre, pensé. Estaban juntos allá y entonces como están juntos aquí y ahora, en mí. Imaginé un huevo que implosiona.

Unir los pedazos. Integración.

La vida es una jornada de batallas campales para juntar nuestras partes, de eso se trata el viaje que todas y todos hacemos. Todos los pedazos escogen el mismo camino, todos vuelven. De ti me acuerdo, abuela.

Así que la foto de mi padre, ésa a la que le falta la cabeza, hoy para mí está completa.

Y siento que he peleado una batalla contra cíclopes, lestrigones y contra el fiero Poseidón, porque si cortar una cabeza es difícil, ponerla de regreso en su sitio es una proeza interior agotadora. Creo que eso también significan las Ítacas del poema de Konstantino Kavafis.

Puse la cabeza de mi padre en su sitio.

Pienso ahora en esos millones de hijos que no saben dónde está su Pedro Páramo, en esas Juanas Preciado y esos Juanes Preciado que tal vez recorren las carreteras de México buscando a su padre y atisbo (perdónenme si es obsceno decirlo cuando sé que entraña tanto dolor) un paisaje de belleza, imagino para todos ellos puertos nunca vistos y mañanas de verano.

Ítaca me brindó un espléndido viaje, sin ella no me habría puesto en camino.

Ítaca también es mi padre.

XXX. Éste es tu nieto

Han pasado seis años desde aquel noviembre de 2016 cuando, movida por el deseo de tener un hijo, decidí emprender el camino para encontrarte, papá.

Quería tener una respuesta cuando mi hijo me preguntara por su abuelo.

Quería comprobar que mi piel morena es igual que la tuya, que estos pómulos, que esta arruga que se marca a mitad de mi frente es igual que la tuya, quería encarnarte, palpar el espejo que somos. Quería tener una respuesta para ese hijo hipotético que al final no llegó, algo para contarle que no fuera un mito, que no fuera una de todas las variantes misteriosas que yo había escuchado. Quería, sobre todo, contar una historia.

Y tú me diste una historia que contar.

Mi franqueza fue mi dote, no tu presencia.

Mi vida cambió el día que comprendí que todo lo que ocurre, ocurre para ser contado. Que la humanidad se sostiene no sólo de su reproducción incesante, sino de la narración incesante de su historia, de nuestras historias. De modo que escribir es mi forma de fertilidad.

Cuando me fui de casa a los diecinueve años con aquellas cajas de libros, mi madre me dio permiso para convertirme en la narradora de esta historia.

Y es que no se puede escribir sin perspectiva, no se puede escribir sin irse lejos, lejos del origen, lejos de una misma, lejos del pudor. Para escribir hay que irse a la mierda, como tú te fuiste, papá.

Escribo, a pesar de todo, porque me educaron los libros que tú no pagaste y que yo me robaba.

Dice la criatura de Frankenstein frente al cadáver de su padre: "Quien me creó ha muerto, y cuando yo muera, el recuerdo de ambos morirá para siempre".

Pero su recuerdo vive porque Mary Shelley escribió el relato de ese padre y ese hijo desafortunados.

Debe ser con esa compulsión a la permanencia que escribo tu relato. Tal vez lo hago porque quiero tener algo tuyo, como el pañuelo rojo, como el tatuaje indeleble. O porque no puedo renunciar a tener padre ahora que por fin lo tengo. Que me lo he ganado.

Y estoy exhausta, he sido jornalera a destajo de mi origen.

Te busqué como Cordelia al rey Lear para verte antes de tu muerte, como Pinocho a Geppetto para rescatarnos a los dos del vientre de la ballena, para extraer de ese mar una historia que contarle a aquel hijo proyectado y la obtuve, no podía quedarme sin escribirla, qué falta de honorabilidad sería tal. Tú cumpliste tu promesa a cabalidad: "qué bueno que vinieron, porque ya me voy a morir"; yo cumplo escribiendo el relato.

Lo que quiero decir es que este libro es tu nieto.

Este libro es mi hijo, es tu nieto, y eres tú y soy yo, y es el cuento que escribí para ti, para él y para mí al mismo tiempo. Somos un Frankenstein de palabras. Lo siento si alguna parte no te gusta, todas las criaturas tenemos retazos y costuras burdas, unas cicatrices finas y otras repelentes.

Éste es el relato que hago de ti y con el que te recupero, Porfirio Murillo Carrillo.

Si los muertos leen, ojalá te llegue esta botella que hoy arrojo al mar, porque esta historia también es tus cenizas en el mar, uno de palabras que crucé, lado a lado, para ti.

Vete a la mierda y descansa en paz. Te amo, papá.

Agradecimientos

Gracias, primero y siempre, a mi hermana Eliud, por permitirme contar aquí una parte de su historia.

Gracias a Mayra González por su compañía luminosa durante el proceso de escritura de esta novela, a Fernanda Álvarez por su fino trabajo de edición; gracias también a Julio Trujillo por su lectura cómplice y sus notas atinadas.

Gracias a Dominique Peralta por aquel entrañable banderazo de salida cuando emprendí el viaje. A Regina Mitre por el diseño del tatuaje rojo y a Julieta Cardona por acompañarme aquella tarde.

Gracias a Marcela Azuela, mi interlocutora y lectora indispensable.

A Rodrigo Herranz por dejarme tener ese libro de Marina, por la intuición del instante.

Gracias a Ricardo Bada y a Pilar Eyre que me animaron a escribir esto desde el otro lado del Atlántico.

Y, una vez más, toda mi gratitud al doctor Jorge Pérez Alarcón por ser mi Virgilio en el viaje interior.

Índice

¿Fuiste o eres víctima de violencia sexual
y necesitas ayuda? Aquí pueden ayudarte:

https://tiempofuera.mx/

https://www.adivac.org/

http://veredathemis.org.mx/

https://www.lacasamandarina.org/acompanamiento

https://rednacionalderefugios.org.mx/

La cabeza de mi padre de Alma Delia Murillo
se terminó de imprimir en enero de 2024
en los talleres de
Litográfica Ingramex S.A. de C.V.,
Centeno 162-1, Col. Granjas Esmeralda, C.P. 09810,
Ciudad de México.